JN154652

GAME NOVELS

Vol.1 Re:Start!!

金巻ともこ
Kanemaki Tomoco

Original Plan
野村哲也
Nomura Tetsuya
岡勝
Oka Masaru

Illustration
天野シロ
Amano Shiro

カバー・口絵・本文挿絵イラスト／天野シロ
カバー・表紙・帯デザイン／渡辺宏一（有限会社ニイナナニイゴオ）
本文組版・目次・章扉デザイン／井尻幸恵

目次
CONTENTS

プロローグ

不思議な街だった。

青く澄んだ水面から生えているかのように街が佇んでいる――それはまるで水生植物のようだった。そんな街がいくつもあった。ひとつひとつの街は、白い小さな家がいくつも重なって大きな円錐形になっている。湖なのか、海なのか、その上にそんな街が浮かんでいるようにあって、水面によって隔てられ、広がっている。街と街の間はロープウェイで繋がれていた。

あちこちに風車があり、水鳥が気ままに空を飛んでいる。空は高い。

よく見ると水面下にも古い街があり、その風景はこれらの建物がずっと昔に沈んでしまったのかもしれない、と見る人の思いを古に馳せさせる。

その中のひとつ――一際高い円錐形を誇る街のてっぺんに、大きな、時計塔と思しきものが設置されていた。

その中の一部屋で、ふたりの少年がゲーム盤を挟んで向かい合っている。

窓からはやさしい光と風が差し込んでいる。ひとりの少年は黒い髪に白い服、もうひとりの少年は黒い服をまとい、銀色の髪をしていた。

「キーブレード戦争って知ってる?」

銀髪の少年はそう問いかけると、駒をひとつ動かし、相手の駒を取った。

「え？　当然だろ」

黒髪の少年が答えると、持っていた駒を動かし、こちらも相手の駒をひとつ取る。

「大昔、キーブレード使いたちが光を奪い合ったってやつ」

もう一度銀髪の少年が訊いた。今度は彼の手番だ。彼は駒をひとつ動かす。

「マスターから何度も聞いたさ」

「奪い合った光でキングダムハーツを出現させて、何がしたかったんだろうな？」

黒髪の少年の答えに、銀髪の少年はさらに疑問を投げかける。その間も駒はふたりの手によって動かされている。

「さぁな、戦争起こす理由なんて理解できないよ」

黒髪の少年がそう言うと、銀髪の少年は口元に手を置いてほんのりと笑う。

「じゃあ、〝ロスト マスター〟って聞いたことある？」

「なにそれ」

すぐに黒髪の少年が訊き返す。

「キーブレード戦争は、彼らが起こしたんだ」

「初耳だな、どこで聞いたんだよ」

黒髪の少年は盤上を見て、少し考え込む。

「いや、彼らのために、なのかな？」

「意味わかんね」

意味深な口調の銀髪の少年に、すぐ黒髪の少年は答えた。

「本当は知ってるんだろ?」

「……なにが」

黒髪の少年の指先が盤上で迷う。

「彼の地で光は闇に敗北する――次期マスター候補のお前が知らないはずない」

本当に知らないのか、あるいは知っているのか、

「さぁね」

黒髪の少年はそっけなく答える。

「見つめる目が全てを見てる。もう決まってるんだ、この世界の結末は」

銀髪の少年は壁に掛けられているキーブレードを見つめる。それはひとつの目がついている、特別なキーブレード。

「結末が決まってたらつまらないだろ」

黒髪の少年はそう言うと、盤上の駒を進めた。

「もし闇に敗北するなんて結末になるなら、俺が書き換えるさ」

そう続けると駒をひとつ奪う。

「かなりの自信だな。でも、勝負の分が悪いんじゃないか」

同じように銀色の髪の少年も、また駒を奪った。

「光は闇と違って、目に見えるものだけじゃない。最後までわからないさ」

黒髪の少年が盤上を見つめていた顔を上げ、銀髪の少年を見据(みす)える。

「期待してるよ」

銀髪の少年もまた顔をあげ、黒髪の少年に言った。

銀髪の少年の名はゼアノート。そして、黒髪の少年の名はエラクゥス。

この街の名はスカラ・アド・カエルム——天へ続く階段。

ふたりの少年を温かな日差しが照らしている。

奪われた世界——
奪われた心——
その繋がりを断ち切られても
それが運命なら
歩む道は帰るべき方向を常に向いている

救うべき心は７つ
キミはなにを求める？

第1章

OLYMPUS

不思議な塔の階段を駆け上る。

扉の前で、いつものふたりがソラを出迎える。

「もう、待ってたんだよ！」

「ずいぶん遅かったけど、何してたの？」

お尻をプリプリさせながら言ったのはドナルド。困った顔で聞いたのはグーフィーだ。

眠りの世界でのマスター承認試験を終えてこの塔に帰ってきてから、ソラはもう一度眠りの世界に戻っていた。

「へへーん、秘密」

なにをしていたかはみんなには秘密。

ソラは笑って答えると、勢いよく扉を開く。

眠りの世界で出会った仲間が元気でよかった。

「ただいま！」

みんな――リクやカイリ、ミッキーが待っていると思ったその部屋には、イェン・シッドしかいない。

「あれ？　みんなは？」

ソラはイェン・シッドの前に歩み寄る。それにグーフィーとドナルドも続く。

「皆にはそれぞれ使命があってな、先に発ってもらった」

イェン・シッドが言う。

「何だよ、あいさつもなしに」

ソラは心底がっかりした様子だ。そんなソラに、ドナルドが文句を言う。

「ソラが遅かったせい！」

「だからあいさつもなしで別れたくなかったんだよ」

言い返すソラ。

「遅かったせい！」

もう一度言い返すドナルド。

「そうじゃなくて」

顔をつきあわせて言い合うふたりを、イェン・シッドが制止する。

「まあまあ落ち着きなさい」

その言葉に、ソラたちの背筋が伸びる。

「ゼアノートを倒すには、悲しみの中で眠る者を再びこの地に迎えねばならない。これは最初に話したな」

ソラたちは頷く。

「今回の承認試験は、目覚めの力を手に入れる旅でもあった。だがソラは最後に闇に飲まれたことで、新たに身につけた能力が完全ではない」

イエン・シッドの指摘に、ソラはがっくりと頭を垂れる。

そう——XIII機関の策略で、ソラは闇に近い〝眠りの世界〟に堕ち、飲み込まれてしまった。

「更にゼアノートの器とされかけたことで、これまで身につけた能力の多くが失われている。それは自覚しているのではないかな」

思わずソラはため息をつく。それを心配そうに、ドナルドとグーフィーが見つめる。

「ソラ……」

心配するふたりの声が重なった。

「大丈夫！　いつものことだし」

それでも顔をあげ、ソラは明るく答える。

眠りの世界に行ったときも、忘却の城でも、幽霊屋敷で目覚めたときも、ソラの力はいったん失われ、そこからみんなの協力で取り戻してきた。

だからきっと今回も大丈夫だ。

「リクが賢者アンセムから受け取った、心を戻す手がかりとなるデータの解析もチップとデールに頼んである。これも大きな手助けとなるであろうが、何よりゼアノートの企みを阻止するにはソラの力が不可欠だ。ソラが心のままに進むことで、7人の光の守護者が揃うであろう」

イエン・シッドの言葉にソラは頷く。

7人の光の守護者——そして7人のプリンセス。

世界は7つの光によって守られてきた。

そして、これからも守らなければならない。

「まずは失った力を取り戻すのが先決だ。すべてを取り戻すことはできないだろうが、今回の承認試験で得ようとしていた、目覚めの力だけは完全な状態にしなければならない。かつて失った力を取り戻した英雄のもとを訪ねてみるがよかろう。何かヒントが得られるかもしれん」

英雄と聞いたソラはうれしくなって、思わず彼のポーズを真似てふざける。

大切な友だちのキメポーズ、マッスルポーズだ。

「ですね！」

敬礼しながら言葉を返したソラに、イエン・シッドが頷く。

「イエン・シッド様！」

ドナルドが一歩前に足を踏み出す。それにグーフィーも続いた。

「僕たちもソラと一緒に行きます！」

「もちろんそのつもりだ。ソラを助けてやってくれ」

イエン・シッドに乞われて、ソラはドナルドとグーフィーの肩を抱く。

「ドナルド、グーフィー！」

感極まってふたりの名前を呼んだソラに、ドナルドとグーフィーもうれしそうだ。

「ソラはマスターになれなかったし！」

「え？」

確かに！　確かにその通りだけど！

ソラは不満げにドナルドの言葉を訊き返す。

「まさか落ちるなんてびっくりしたよね！」

「おい！」

残念そうに言ったグーフィーに思わず突っ込んで、ソラは抱いていた肩を離した。

不満げなソラに、ドナルドとグーフィーは追い打ちをかける。

「まだまだ半人前だから」

「僕たち3人で一人前だね！」

「自分で言うなよ」

ソラはあきれたようにまた突っ込む。だが、ドナルドたちはいつも通りだ。

「仕方ないからついて行ってあげるよ！」

ドナルドが手を差し出す。

「また楽しくなりそうだね！」

　グーフィーもそこに手を重ねた。

「旅行じゃないんだぞ！」

　そう言いつつ、ソラもふたりの上に自分の手を重ねる。３人が笑顔になった。

「出発だ！」

　３人は顔を見合わせると、イエン・シッドに向き直る。

「行ってきます！」

　イエン・シッドが期待を込めて頷いた。


　グミシップに３人で乗り込むのも久しぶりだった。でも異空の海は、今までとは様子が大きく変わっていた。行き先がまったくわからない状態になっている。なにもない。

「うーん、どうやって行けばいいんだ」

「何が、出発だ！　だよ！」

　コックピットの椅子の上で腕を組んで考え込んでいるソラを、足をバタバタさせながらドナルドが非難する。

「前とは航路が変わってるみたい。イエン・シッド様は、ソラが心のままに進め、って言ってたよね」

グーフィーはのんびりと言った。

「ソラー、どっちー!?」

ドナルドはイライラしっぱなしだ。

「うーん……」

それでもソラは、マイペースで考え込んでいる。

「それ考えてないでしょ?」

ドナルドが椅子から身を乗り出す。

「考えてるよー、何も浮かばないんだよー」

あさっての方向を向いて、ソラがふてくされたように言う。すると、グーフィーが助け舟を出した。

「前に行ったことがあるんだから、その友だちのことを考えてみたら?」

「うーん……」

ソラは立ち上がると、後ろの座席ふたつに座っていたドナルドとグーフィーの前に行き、マッチョポーズをとってみる。

「どう?」

ドナルドが恐る恐る訊いても、ソラはがっくりと肩を落とすばかり。

「何にも浮かばないよね、浮かぶはずないよね」

友だちのことを考えてもいいアイディアは浮かばないし、グミシップの外の風景も変わらない。

ソラの様子に、ドナルドも肩を落とした。

「鍵が導く心のままに」

そんなとき、グーフィーが呟く。

「え？　何それ？」

ソラが訊き返す。

「これまで何度か旅立つ時、イエン・シッド様が必ずボソっと言ってたよ？」

耳のいいグーフィは、小さな声も聴き逃さない。

「そうなの？　……聞いたことある？」

ドナルドがぶるぶると首を振る。

「空耳だったのかな？」

だんだん自信がなくなってきたのか、グーフィーが首を傾げた。

「鍵が導く心のままに……」

ソラはその言葉を、繰り返してみる。

いったいどういうことなんだろう――もしかしたら、キーブレードを使えばいいのかもしれない！

ソラは自分の操縦席に戻ると、その手にキーブレードを出現させた。

「やってみるよ」

ソラは操縦席から異空の海に向かって、キーブレードを掲げる。すると、キーブレードから光が放たれ、異空の海に異空の回廊が出現した。

「ゲートだ！」

ドナルドとグーフィーが同時に叫ぶ。

「よーし！　オリンポス目指して出発だ！」

ソラが操縦桿を握ると同時に、グミシップが進み出す。

向かうはかつて失った力を取り戻した経験がある、英雄のいるところ——オリンポスだ。


ソラたちが降り立ったのは険しい山の中腹あたり、かろうじて道になっているようなところだった。岩肌むき出しの崖に囲まれた山道は、今まで訪れたオリンポスとはかなり違う。

ソラがあたりに気を配りながら訊く。

「聞こえた？」

ドナルドが両手を耳に当てながら、周囲の音に注意してみた後、首を振った。

オリンポスに到着したときは、大体コロシアムのファンファーレが聞こえる筈だけれど、今は聞こえないし、風景も見慣れたものではない。

「どう見てもコロシアムじゃないよね」

グーフィーも心配そうに周囲を確認する。

いつもならコロシアムの入口あたりに到着して、クラウドがいたりなんかして——

「ソラが開いたゲートでしょ」

「またちょっとズレただけだって！」

抗議するドナルドを宥めながら、ソラはあのポーズをとってみる。

「すぐに会えるさ、とりあえず行ってみよう！」

そしてソラはさっさと歩き出す。とりあえず、は上り坂を行ってみることらしい。

「そっちでいいの？」

地図もなしに歩き始めたソラに、不安そうにドナルドが訊く。

「えっ⁉　山があったらふつう登るでしょ」

当然のことのようにソラが答えた。

「ソラ、高いところ好きそうだもんね」

グーフィーが悪意なくそうソラを評すると、

「当然！」

ソラも屈託(くったく)なく、握りこぶしをあげて笑顔になる。

ドナルドとグーフィーは、あきれたように、あきらめたように顔を見合わせて笑う。

「おーい、行くよ！」

もうだいぶ先へと進んだソラを、ドナルドとグーフィーも追いかける。

「こんなとこ来たことないよね？」

歩きながらグーフィーが言ったそのとき、おなじみのハートレス――シャドウたちが３人の前に現れた。

「ハートレス！」

ドナルドが杖(つえ)を構える。

「よーし、いっくぞー！」

ソラもキーブレードを手に駆け出す。力は失ったけれど、これくらいなら全然戦える。魔法はまだあんまり使えないけれど。

ドナルドが魔法を放ち、グーフィーが盾(たて)を手に突進していく。

３人で戦うのは久しぶりだけど、やっぱりなんだか、すごく安心する。

スピリットたちも頼もしい仲間だったけれど、ドナルドとグーフィーはソラにとってやっぱり最高の仲間だった。

ハートレスを倒しながら山道を抜けると、切り立った崖の上に出る。崖から見下ろすと、はるか向こうに街が見える。次に見上げると、頂上に近いところには、神殿のような建築物もあった。

「やっぱり、ここじゃなかったのかなー」

ソラは途方に暮れた様子で腕組みした後、山々に向かって叫んだ。

「おーい、ヘラクレスー！」

何の返事もないんだろうな。呼んでみただけだし。

そう思ったとき、山頂の方から不気味な黒い雲がひとかたまり、流れ降りてきてソラたちの背後に着地した。突然のことに驚いたソラたちに、聞き覚えのある不機嫌そうな声が――

「いま虫唾が走る名前を呼んだのはどこのどいつだ？　まったく、なんでこんな山の中でまであのムカつき野郎の名前を聞くんだ」

ブツブツとぼやきながら、黒い雲の中から姿を現したのは――

「何だよハデスかよ」

ソラはがっかりしながらその名を口にする。その人物はいつも悪さばかりしている冥界の王、ハデスだった。いままでに何度、この男の企みを止めたことか。

「何だまたおまえらか」

ハデスもまた、がっかりしたように言う。ソラも負けじと言い返す。

「親戚のおじさんでも、もっとリアクション大きいぞ」

「俺を親戚のおじさんといっしょにするな！」

ソラがからかうように言うと、ハデスが頭の青い炎をゆらめかせ、少し苛立(いらだ)ちながらその言葉に絡(から)む。その隣でグーフィーはまたあたりを見回す。

「ハデスがいるってことはヘラクレスは？」

「俺様とあいつをコンビのように言うんじゃねえ！」

今度は頭の青い炎を赤く燃えたぎらせ食って掛かる。

「だがまあいい、今だけ、今だけだ。あいつはすぐいなくなるんだからな」

意外なことに、すぐに冷静さを取り戻したのか、ハデスのまとった炎は、その色をもとの青色に戻す。

「また悪さを企んでるんだろ！」

それがかえって怪しく思えたソラは、ハデスに向かってキーブレードを構える。

「こりないね」

「しつこい！」

グーフィーとドナルドもそれぞれ、盾と杖で臨戦態勢(りんせんたいせい)をとった。

「待て待て、何やる気になってる？　先約があるんだ、おまえらと遊んでる暇(ひま)はないんだよ。全宇宙が俺様に支配されるのを待ってるんだからな」

「大丈夫かなぁ――負け過ぎておかしなこと言い出しちゃってるけど」

ソラはいったんキーブレードを収めて、あきれたように言った。

だが――その前でハデスが空に向かって両手を広げる。

「タイタン族よ、復活の肩慣らしだ！」

その声に呼応するかのように、大地が唸り（うな）を上げ始めた。同時に風が吹き荒れ、山の頂上から溶岩（ようがん）が噴き出す。風がソラたちに襲いかかる。

「ふーん、いい風」

吹雪となった風を、心地よさそうにハデスが浴びる。

そして――その風にソラたちは吹き飛ばされてしまう。

「うわ――！」

「グワワ――！」

「ウワァオゥ！」

ソラたちが悲鳴を上げながら飛んでいく。

「ふん、まあまあの飛距離だ」

ソラたちが吹き飛ばされた方向を眺めながら、満足そうにハデスは言った。

「あの方角は――ま、いいか」

そして背後を振り返る。そこには大きな黒い影が3つ。

「ご苦労さん、さあ、お仕事に戻って戻って」

ハデスが命じると、黒い、とてつもなく大きな影が退いていく。それをひとしきり見送ったハデス。

するとと、今度はその後ろに闇が生じ、その中から現れた人影があった。

「やれやれ、忙しい時に限って客が多い。いったい何の用だ？」

ハデスは振り向かずに問いかける。

そこにいたのはピートだった。

「おいおい、久しぶりだってのに、ずいぶんな挨拶じゃねえか」

悪さばかりしているミッキーの古い知り合い――ピートの後ろには、もうひとり怪しい人物が立っている。

「何だ今度はおまえらか」

ようやく振り返ったハデスの前で、そのもうひとりの人物が、口元に笑みを浮かべている。

「あんたらに関わってうまくいったためしがないんだよ。もうハートレスも必要ないからな、今回は俺ひとりでやらしてもらう」

ハデスのけんもほろろな断りに、もうひとり――黒いローブをまとった魔女、マレフィセントが笑う。

「さあさあ、帰った帰った！　お帰りはあちらから、二名様お帰りでーす！」

追い払うように手を振ったハデスに、マレフィセントは問いかける。

「好きにするがいいさ、私もやることがあるからねぇ。ただしひとつだけ教えておくれ。この世界に黒い箱はないかい？」

「黒い箱？　ふーん、箱、箱、箱──箱って言ったら、ゼウスが地上に隠したあの箱か？」

マレフィセントの捜し物に心当たりがあるのか、ハデスは言った。

「ほう、それはどこにあるんだい？」

マレフィセントはうっとりと目を細める。


場所は変わって。

風に飛ばされたソラたちが落ちていった先は──

「うわ──！」

「グワワ──！」

「ウワァオゥ！」

その叫び声に顔をあげたのは、英雄ヘラクレス。ここはテーベの街だ。ヘラクレスは大きくジャンプすると、その太い腕で落ちてきたソラとグーフィーをキャッチした。

「ほら会えただろ？」

ソラがヘラクレスに抱（かか）えられたまま、得意げに言った。

「たまたまだけどね」

グーフィーも同じく、ヘラクレスの腕の中で答える。

「グァ――――！」

ドナルドだけはヘラクレスの腕の中ではなく、街の彫刻（ちょうこく）に引っかかっていた。

「早く降ろして！」

「ごめん、ごめーん」

ヘラクレスが笑って助けに走る。

ソラたちが全員無事地上に降りたところで、ヘラクレスが再会を喜び、もう一度笑顔を浮かべる。

「久しぶりだね、ソラ、ドナルド、グーフィー、まさか空から降ってくるとは思わなかったけど、元気そうだ」

「やあ！」

「こんにちは」

「うん、ヘラクレスも」

ドナルド、グーフィー、ソラが口々に、ヘラクレスに挨拶を返す。久しぶりに会える友だちが元気そうなのはうれしい。

　ところが、石造りの街はあちこちから煙があがり、あんまり大丈夫そうじゃない。

「でも何があったんだ」

「わかるだろ、いつものことさ」

　ソラが訊くと、ヘラクレスが肩をすくめながら言った。この街はときどき、ハデスたち悪者によって荒らされそうになる。それを守るのがヘラクレスだ。

「あー、いつものことね。そう言えばさっきそのハデスと会ったよ」

「全宇宙を支配するとか言ってたよねー」

　ソラにドナルドが続く。

「全宇宙だって、そりゃまたずいぶん大きな話だ。まあ、ハデスが何を企んでようが僕がぶっ飛ばすけどね」

「さすがヘラクレス」

　余裕たっぷりに言ったヘラクレスを、ソラが称(たた)える。

——やっぱりヘラクレスは英雄(ヒーロー)だ。

「ソラ、何か目的があってここへ来たんだろ？」

　すると、ヘラクレスはソラの様子から何かを察(さっ)したのか、先にそう尋ねてきた。

「あ、そうだ！」

「完全に忘れてたよねぇ？」

「だってソラだもん」

大事なことを思いだしたソラを、ドナルドとグーフィーがからかう。

「ちょっと忘れてただけだろー」

ふたりにそう返して、ソラはヘラクレスをまっすぐに見る。

「俺、ヘラクレスに聞きたいことがあって来たんだ」

「聞きたいこと？」

「ああ、前にヘラクレスは力を失っただろ？　でも、ちゃんと力を取り戻した、ZEROからHEROに。どうして取り戻せたのか聞きたくて」

ソラは弱くなった自分の手を、もどかしげにじっと見つめる。過去にヘラクレスは、ハデスの策略で力を失ってしまったことがある。そんな逆境を乗り越えたヘラクレスなら、力を取り戻す方法を知っているはずだ。

「うーんあの時……」

ヘラクレスが一瞬考え込んだ。

「メグが死の川に投げ込まれて、僕はメグを助けたい一心で駆けだしていて——自分でもよくわからないんだ」

その時のことを思い出しながら、ヘラクレスは丁寧に説明しようとはしてくれた。それでも彼自身にも、これという確信がないようだ。力を取り戻す具体的な方法は、簡単には見つからないみたいだ。

「そうかぁー……」

「どうしたんだい？」

落ち込むソラたちに、ヘラクレスが問いかける。

「俺もこれまでの力を失っちゃってさ、ヘラクレスに聞けば、力を取り戻す方法がわかるかもって思って、ここに来たんだ」

「そうだったのか……」

しょんぼりする4人の前に、空から火の玉がいくつも落ちてくる。

「ハートレス！」

ドナルドが叫んだ。炎をまとったハートレスが街を襲おうとしている。

「話はあとにしよう！」

「ああ、まずこいつらをやっつけないとな！」

ソラたちとヘラクレスは、身構えるとハートレスに立ち向かう。

ヘラクレスとは何度か一緒に戦ったことがある。その強さはよく知っていた。

ソラがハートレスの群れに駆け込んでいくと、ヘラクレスが叫ぶ。

「こっちはまかせて！」

ヘラクレスが瓦礫の中から大きな岩石を持ち上げて、ハートレスに投げつける。そこにドナルドが魔法を打ち込み、グーフィーが盾で蹴散らす。

「あちち！」

服に火が燃え移ったグーフィーに、ドナルドが駆け寄って氷の魔法を放ち、消火する。

もっと力があればこれくらいのハートレス、一瞬で倒せるのに。

ソラはそう思いながら、必死にキーブレードを振り回す。

ヘラクレスはただ助けたい一心で力を取り戻したと言っていたけれど、それってどういうことなんだろう。

「ソラ！　危ない！」

目の前にいたハートレスを、ドナルドが魔法で追い払ってくれる。

「もう、ぼんやりしてちゃダメだよ！」

「ごめんごめん」

ソラはキーブレードを強く握りしめ直すと、再びハートレスたちに立ち向かう。

「大丈夫かい、ソラ！」

ヘラクレスが、ハートレスたちを蹴散らしながら叫ぶ。

「ヘラクレスこそ！」

ちょっとだけ強がって、ソラはキーブレードをふるう。

そうやってなんとかハートレスの群れを倒したソラたちに、上空から声がかけられる。

「ハーク！」

目の前に舞い降りたのは、ペガサスに乗ったメガラとフィルだ。メガラはハークのガールフレンドで、ヘラクレスからはメグと呼ばれている。メグはヘラクレスをハークと呼ぶ。フィルはヘラクレスを育てた英雄トレーナーだ。

「大丈夫？」

「メグ！」

メガラがヘラクレスに歩み寄る。

「元気だった？」

ドナルドがフィルに話しかける。

「答えは二言！　元気に決まってる！」

相変わらず二言目が言われないから、ドナルドとグーフィーが腑に落ちない顔を見合わせる。

「大変なことになったわね」

「うん、ハートレスまで現れたからね」

ヘラクレスが腕組みをして、街を見回す。石造りの街はあちこち崩れ、ヘラクレスの石像も倒れてしまっている。

「ソラたちがいてくれて助かった」

ヘラクレスが、ソラたちを見つめてにっこりと笑った。

「そうだったのね。ありがとう、ソラ、ドナルド、グーフィー」

メガラが長い睫毛（まつげ）を瞬（しばた）かせながら、ソラたちに感謝する。

「これくらいどうってことないよ」

ソラは自慢げだ。

「メグ、もうしばらく隠れてて。僕たちはこの火事で逃げ遅れた人がいないか捜してくるよ」

まだ危険が残っていることを悟（さと）ったメガラが頷くと、心配そうに胸の前で手を組んだ。

「気をつけてね、ワンダーボーイ」

「ああ」

ヘラクレスは力強く答え、ソラたちを振り返った。

「手伝ってくれるだろ」

「ああ、もちろん！」

笑顔のヘラクレスに、ソラはガッツポーズをキメる。

「英雄（ヒーロー）だしね！」

「うん！」

ドナルドとグーフィーもそれに応える。するとメガラがやさしく微笑（ほほえ）んだ。

「頼んだわね英雄（ヒーロー）たち」

「うん！」

ソラたちは声をあわせて頷く。

「フィル、メグをたのんだよ」

最後にヘラクレスがフィルに声をかける。そして、メガラがペガサスに乗り、フィルもそれに続いた。

「安全なところに」

ヘラクレスが鼻先を撫でると、いななきとともにヘラクレスの相棒――ペガサスが飛んでいく。

「ねえ、声が聞こえるよ。あっちの方から」

ペガサスが天高く舞い上がったところで、グーフィーが片耳だけをあげて、離れた場所にある大きな建物を指さす。

「助けてー！」

ヘラクレスが目を凝らして声の主を探す。すると――

「大変だ！　女の子が逃げ遅れたみたいだ」

神殿のような建物の、崩れた屋根の上で女の子が泣いている。

「急ごう！」

掛けだそうとしたソラを、ヘラクレスが止めた。

「待って！　走ってたら間に合わない！」

確かにあの場所に行くには、広場をぐるっと回って階段を登り、さらに建物をよじのぼらないと無理そうだった。

「じゃあ、どうすればいいんだよ！」

「この像に乗って」

「え？　どういうこと？」

焦って問い詰めるソラに、ヘラクレスが広場に倒れている自分の像を指さした。

ヘラクレスは３人を自分の像に乗せたまま、ものすごい力で持ち上げ、そのまま、やり投げのように振りかぶって、

「それ―――！」

思い切り投げ飛ばす。

「えええええ―――！」

ヘラクレスの気合いの声と、ソラたちの悲鳴が重なった。


「助けてくれてありがとう」

「うん、気をつけて」

お礼を言った女の子に、ソラがやさしく言葉をかける。なんとかこの子を助けるのは、間に合った。女の子は頭を下げると、走り去っていった。それにしてもヘラクレスのやることはいつもすごい。あんな風に強さを取り戻せれば――

「他にも逃げ遅れた人がいないか探そう！」

助けるべき人は、まだいるに違いない。そう思ってソラが駆けだそうとしたそのとき、背後から聞き覚えのある声がした。

「おやおや、ソラと王の手下がいるよ」

いつものふたり――マレフィセントとピートだ。ソラは振り返りキーブレードを構える。もちろんドナルドとグーフィーも臨戦態勢だ。

「ハートレスはおまえたちの仕業か？」

「何のことだい」

問い詰めるソラに、マレフィセントは悠々と答える。その横でピートはジロジロとソラを見つめている。

「なあ、マレフィセント、王の手下はともかく、こいつ前に会った時より、ずいぶん弱くなってるみたいだぞ、いまのうちに倒しちまおうぜ！」

ピートがソラを指さして言った。

まさかそんなことをピートに言われるなんて――

マレフィセントがソラを見つめ、小さく笑う。

「そんな雑魚(ざこ)なら放っておけばいいのさ。私たちにはやることがあるだろ」

そう言い捨てると、マレフィセントがゆっくり歩き始める。

「おう！　黒い箱を手に入れるんだったな」

「余計なことを言うんじゃないよ！」

目的をばらしてしまったピートを、マレフィセントがたしなめる。

「私たちの目的が叶(かな)ったら、また相手をしてあげるよ」

ソラを見下ろして、マレフィセントが余裕たっぷりに言った。

「それまでにせいぜい強くなっとくんだな。じゃあなー」

ピートが自分の前に現れた闇の回廊(かいろう)に足を踏み入れる。マレフィセントもそれに続く。

「待て！」

追いかけようと駆け出したソラだったが――その足が止まる。

「ソラ……」

ソラの後ろから、心配そうにドナルドが顔を覗(のぞ)き込む。

「大丈夫！　いつものことだし」

明るく返事をしたものの、ソラはそのままひとつ大きくため息をつく。

「全然大丈夫そうじゃないよね。ピートに言われたのが効いたのかな」

グーフィーがドナルドに囁く。

「大丈夫！　いつものことだし」

ソラはもう一度、自分に言い聞かせるように繰り返す。

力を失ってもいつもなんとかなってきたから、今度も大丈夫。

そうは思うけれど――……

「がんばって強くなろう」

ドナルドが励ます。

「大丈夫！　いつものことだし」

さらにグーフィーが、ソラを真似ておどける。

「言うなよー」

ソラがちょっとだけ笑いながら抗議した。

そう、いつものことだし。

「逃げ遅れた人を探すぞ！」

気を取り直したソラは、ドナルドとグーフィーにそう声をかけた。

とはいえ――街はあちこちが炎に包まれている。移動も大変だったが、グーフィーの機転で、彼の盾に乗ってテーベの街を縦横無尽(じゅうおうむじん)に動き回ることができた。

移動中グーフィーが、柱の上に追い詰められている女の人を見つけた。そのまわりを炎のハートレスが囲んでいる。

「誰かー！　もう、何なのよ、この魔物たち！　助けてーヘラクレスー！」

「いま行くからね！」

ソラが駆け寄り、炎のハートレスにキーブレードを振り下ろす。

「こいつらは俺たちにまかせて！」

「あなたたち誰？　ヘラクレスは来ないの？」

女の人が不安そうに言った。

「僕たちだって英雄(ヒーロー)だぞ」

ドナルドが誇(ほこ)らしげに言いながら、魔法を放つ。ソラも同じように水の魔法を放ってハートレスたちに応戦する。

でも、やっぱり前より弱い。ちょっとだけじゃなくてだいぶ弱かった。

どうやったら力を取り戻せるんだろう――

「ソラ！　ぼんやりしないで！」

「危ないよ～」

「あっ、ごめん……」

ドナルドとグーフィーに言われて、ソラはキーブレードを夢中で振り下ろす。

なんとか炎のハートレスたちを倒し、女の人に駆け寄る。

よかった、怪我はないみたいだ。

「ありがとう、助かったわ。あなたたちもヘラクレスみたいな立派な英雄になってね」

女の人はそうお礼を言うと、安全な場所へと走って行く。

「やっぱり俺たち弱くなってるのかな……」

「ソラだけね」

「おい！」

時々弱気な言葉を口にしてしまうソラを、ドナルドが混ぜっ返す。

「あなたたちって言ってたよ。みんなでがんばろうね」

それを聞いていたグーフィーが、励ましてくれた。

そうだよな、みんなでがんばれば――でも。

その時、地響きがした。離れた場所にある建物が、崩れかけているのが見える。

「グァ！」

「行こう！」

崩れそうな建物にソラたちは駆けつける。すると、建物の石天井の一部が落ちてきたのだろう、逃げ遅れた人を守るためにそれを支えているのは――

「ヘラクレス！」

「ソラ！」

ヘラクレスの頭上や街の人のそばに、さらに天井のかけらが崩れ落ちてくる。ヘラクレスの支えがなくなればすべてがあっという間に崩れ落ちてしまう。さらに悪いことに、炎のハートレスが姿を現した。

「またハートレス！」

「このままじゃ街の人を逃がせない！」

そう言ったヘラクレスは、身動きが取れない。絶体絶命だ！

ソラはその手にキーブレードを出現させ、ヘラクレスに呼びかける。

「ヘラクレス、まだがんばれるよな？」

「もちろん！」

ヘラクレスが力強く答えた。

「ドナルド、グーフィー、さっさとやっつけるぞ！」

ソラはふたりの返事を待たずに、ハートレスにキーブレードを振り下ろす。

街の人を逃がすにはこいつらを倒さないと――！

確かに力は弱くなったけれど、頑張ればこいつらならなんとか倒すことも、時間を稼ぐこともできる。

ソラは必死だった。

1体ずつソラは、炎のハートレスを相手に戦っていく。

ドナルドとグーフィーも一緒に、どんどんハートレスたちを蹴散らしていく。

そうして全部のハートレスを倒し、ヘラクレスのもとへ戻る。

ヘラクレスもまた、一生懸命(いっしょうけんめい)柱を支えていた。

「早く街の人たちを！」

「わかった！」

ヘラクレスに言われて、ソラはひとかたまりになって集まっている人たちを出口へと誘う。

「みんな大丈夫？　いまのうちに外に逃げて、さあ早く」

「急いで急いで！」

グーフィーも、みんなに声をかける。

子供も大人も、大勢の人たちが建物から走り出す。ソラも小さい女の子の手を引いて、建物の外へと駆け出した。

「みんな逃げた？」

ドナルドが心配そうに言ったそのとき、建物が崩れ落ちる。

「ヘラクレス！」

ソラたちの声が重なった。

心配そうに崩落した建物を見つめるソラたち3人、そして街の人たち。

何秒間だったのだろうか、それとも何分間なのか。そこに立ち尽くす人たちにとっては、とても長い時間に感じられた。

――やがて
立ちこめる煙と埃の中、ヘラクレスがゆっくりと姿を現した。

「よかったー」

「これぐらいどうってことないさ」

ほっと胸をなでおろすソラに、ヘラクレスは笑っていつものマッチョポーズをとった。

やっぱりヘラクレスってすごいや！　俺も早く力を取り戻したい！

希望を胸に抱くソラ。ドナルドとグーフィーも真似をしてマッチョポーズをとり、彼の無事を喜んでいる。

そのとき――消えかけの煙の向こうに、闇の回廊が現れた。

「いやー、お見事、お見事」

大仰に手を叩きながら姿を現したのは、黒いコートを着た男。

「黒コート！」

「XIII機関だ！」

突然の来訪者にそれぞれ驚きの声を上げるドナルド、グーフィー。

白髪交じりの長い髪を後ろでひとつに結び、片目は眼帯に覆われ、頬に傷を持つ男――それはシグバール。機関の元No.2だ。

「あー、何と麗しき自己犠牲の精神。これが光の心を持つ者の成せる業というやつか？」

「何が言いたいんだ？」

からかうように言うシグバールに、ソラはキーブレードを構える。

「単純明快、自己犠牲はやめとけってハナシ」

シグバールは、そのシニカルな発言をやめない。

「僕は自分の命をかけてメグを救うことができた」

それに対し、今度はヘラクレスが厳しい口調で答える。するとシグバールは肩をすくめる。

「それはおまえが特別な存在だからだろ。ふつうの人間はそうはいかないんだよ」

「だからってヘラクレスのやったこと、やろうとした心を否定することはできない」

そんなソラの意見を、シグバールは鼻で笑う。

「自己犠牲する者を救おうとして新たな自己犠牲が生まれる。それが負の連鎖ってやつ。どこかが崩れたら共倒れってハナシ。おまえがお気に入りの繋がる心も同じだ。たしかに繋がる心は力になるだろう。反面、繋がる者に苦しみや負担を与える可能性があるってことを覚えておけ」

　ソラたちの間をゆらりと歩きながら、シグバールはまるで演説するように言い、ソラを指さした。

「だがソラ、おまえはそのままでいい」

　シグバールの金色の瞳が、じっとソラを見つめる。

「繋がる心を力にして、心の繋がりをたどって進むんだ」

「誰がおまえの言うとおりにするもんか！」

　ソラは思わず、言い返す。

　以前のⅫ機関との戦いでも、同じような方法——確かあの時はハートレスを倒し続けろ、って言ってたっけ？　そんな変なやり方でだまそうとした気がする。でもあの時だって、みんなを助けられた。だから今度だって、おんなじだ。

「いやー、おまえは心の繋がりをたどるしか道がないってハナシ。たどり着いた時、おまえは自分の宿命を知ることとなるだろう。案外ゴールは近いかもしれないな、楽しみだ」

　シグバールが口元を歪ませて笑うと、来た時と同じように闇の回廊を出現させ、そこに溶けるように消えていく。

　ソラは自分の手を見つめる。

　シグバールの言っていたこと——

「繋がる心がみんなに苦しみを――……」

「ソラ、気にすることないよ」

ヘラクレスの言葉に、ソラは顔をあげる。

「あいつは言葉を並べ立てて翻弄(ほんろう)してるだけさ。論より証拠(しょうこ)ってね。僕たちが実際にやってきたことに間違いはなかったさ」

そうだ――ヘラクレスの言う通りだ。

「だよな！」

ソラは笑顔になって、一緒に戦ってきたドナルドとグーフィーを見つめる。

「うん。僕たちの今が証拠だよ」

グーフィーがすました顔で言った。

「見せてやろう、僕たちの繋がる心の力を」

そしてドナルドも。

「ああ！」

ソラはふたりに力強く答え、歩き始める。

そうだ、繋がる心は俺の力だ。

たとえ戦う力が弱くなったとしても、繋がる心があれば――

でも。

ソラはシグバールの消えたあとを振り返る。

俺の宿命って……？


ヘラクレスとともにハートレスを倒しながら進むと、目の前にペガサスが舞い降りてきた。

その背にはメガラとフィル。

「よくやったわねワンダーボーイ！　空から確認したわ、もう逃げ遅れた人はいなさそう」

「よかった、これで一安心だ」

ペガサスを降りたメガラに、ヘラクレスが笑顔を浮かべる。

「英雄(ヒーロー)たちも、がんばってくれたみたいね」

メガラに褒(ほ)められ、ソラは得意げだ。

だが、それも束(つか)の間(ま)――メガラが一瞬遠くを見る。

「ねえ、あれ、何かしら？」

不安そうな声で言った。その視線の先――遠くの山が不気味な黒い雲に覆われている。

あれってもしかして、俺たちが来た山のあたり……？

そしてあの黒い雲は――

「ハデスだ！」

ヘラクレスが言った。

きっと街で戦っている間に、なにか悪さをしていたに違いない。

「行こうヘラクレス！」

「ああ」

まだまだ落ち着いている暇はなかった。

麓にたどり着くと、山が鳴動するように震える。

ドナルドが跳ね上がる。暗い雲に覆われた山頂から、小石がパラパラと落ちてくる。

「グワッ！」

「この音と揺れ方って……」

「ああ。さっきと同じだ」

グーフィーが頭上を見上げて言い、それにソラが頷く。

ヘラクレスと会う前、ハデスの仕業で吹き飛ばされたときと雰囲気がまったく同じだ。

「どうやら、いつもとは違うみたいだ。まさかとは思うけどお父さんたちが心配だ」

ヘラクレスも険しい表情で、山頂を見つめる。

「ソラ、僕は先に行ってみるよ。無理はしないでいいからね、あとは僕にまかせて」

ヘラクレスが口笛を吹くと、ペガサスが舞い降りた。その背中にヘラクレスがひらりとまたがり、飛び立とうとする。

「お父さん？」

ソラは気になったことを訊いてみる。

「ああ、天界の王ゼウスだよ」

ヘラクレスがそう答えると、ペガサスが大空へ躍動する。

天界の王ゼウス？

ソラはしばらく考えこんだあと、驚きの声をあげた。

「えええええええー！」

びっくりしているのは、ドナルドとグーフィーもおんなじだ。

「天界の王がお父さん……それって、ヘラクレスも神様ってことだよな？」

「そうなるよね」

グーフィーが、ペガサスの飛び立った先を呆然と見つめる。

「どうりで強いはずだ」

ドナルドも同じように、空を見上げている。

「じゃあ、まかせちゃう？」

「そうしちゃう？」

グーフィーとドナルドが口々に言い、顔を見合わせる。

「いや、XIII機関も来てるんだ、放っておけないよ」

それをソラがきっぱりと否定した。

たとえヘラクレスがどんなに強くて、力持ちで何でもできちゃう神様だったとしても、絶対放ってはおけない。俺に力がなくても3人の絆で戦えば、きっとヘラクレスの力になれるはずだ。

「そうだね、そうだった！」

「僕たちも英雄だしね！」

ドナルドとグーフィーの言葉、そう、俺たちだって英雄になれる！

ヘラクレスは助けたい一心で、力を取り戻したと言っていた。

もし自分にもそういう気持ちがあれば――

そこにまた地響きがして、足元がおぼつかなくなり、ソラは我に返った。頭上から小石――

いや、今度は小石だけじゃない、大きな岩も落ちてくる。

「わっ！」

岩を避けるため飛びすさったソラは、頭上を見上げる。崖の上から全身が真っ黒な岩でてきている巨人、ロックタイタンがソラたちを見下ろし、雄叫(おたけ)びをあげていた。その姿は岩というよりはまるで山だ。そのロックタイタンがあたりの岩に拳(こぶし)をふるい、砕(くだ)いていく。その岩が崖を伝いソラたちに襲いかかる。立て続けに落ちる岩を避けながら登っていくしかない。

「行こう！」

そう声をかけてソラは崖を駆け上がっていく。岩にぶつかると崖の下に真っ逆さまだ。途中まで登ったところで崖が崩れ出す。さらには山頂を覆っていた暗い雲があたりに立ちこめ、雨も降り始めた。

「グワワワワ！」

「避けて、ソラ！」

グーフィーが盾を構えて、ソラとドナルドを守る。

「ありがとう、グーフィー」

「これくらいどうってことないよ」

街の人を助けた後のヘラクレスを真似て、グーフィーが胸を張る。

「よーし、まずはあいつを倒すぞ！」

ソラはロックタイタンのいるところまで、崖を登り切った。まずはこいつの足からだ。とても固そうなその足に、キーブレードをぶつけていく。足があがって踏まれそうになる。それを避(よ)ける。

「ソラ、気をつけて！」

ドナルドがソラを回復してくれる。

「ソラ、こっちこっち！」

呼びかけに答えて、今度はグーフィーと勢いをつけて回りながら、ロックタイタンの足にダメージを与えていく。ようやく足が動かなくなったところで、ソラは助走をつけると、グーフィーが頭上に構えた盾を足場に大きくジャンプした。

山を登るようにロックタイタンの肩から上を目指し、最後はその頭に、キーブレードを振り下ろす。

ロックタイタンが雄叫びをあげる。そしてついに、その動きを止めた。

「よーし、まず1体目！」

山頂まではあと少しだ。

ソラたちは山道を駆け上がり、洞窟（どうくつ）の中へと入っていく。その洞窟を抜けた先、長い階段を登りきると、大きなギリシャ様式の柱に挟（はさ）まれた門扉（もんぴ）があった。そこを抜けると、金色の雲に覆われた巨大な神殿がその威容（いよう）を現した。

「ここが天界？」

立ち並ぶ石柱には金の装飾が施（ほどこ）されている。それが天に向かって突き出していた。

ソラたちが立っているのは大きな広場だ。

「すごいところだね」

グーフィーが感心しながらあたりを見回したとき、ファンファーレのような音が鳴り響く。

かつてコロシアムで聞いたような音だったけど——

「コロシアム？」

「違う！」

首を傾げたドナルドに答えながら、ソラはキーブレードで警戒する。

ソラの予想通り、現れたのは牛のようなハートレス——サテュロスの大群だった。

サテュロスが隊列を組んで、ソラたちに向かってくる。

「うわ！」

攻撃をあてる隙がない。ソラは何もできず跳ね飛ばされてしまう。ドナルドとグーフィーも同じように弾(はじ)きとばされる。

「こっちだよ、ソラ！」

グーフィーに呼ばれて、その盾の後ろにドナルドと一緒に隠れる。サテュロスは隊列を組んだまま広場を走っている。下手に近づくとまた跳ね飛ばされそうだ。

「どうしよう、ソラ」

ドナルドが不安げに訊く。

「う〜ん、あの隊列の中に突っ込めればいいんだけどなあ」

盾の後ろでしばらく考えを巡らせていたソラは、ある方法を思いつく。

でも、ひとりじゃ絶対に無理だ。

思いついたことを、ドナルドとグーフィーに囁く。

「それならなんとかなりそうだね」

グーフィーが、サテュロスの様子を窺いながら頷いた。

「きっとうまくいくよ！」

ドナルドも杖を振り上げる。

「よーし、行こう！」

ソラの号令で、グーフィーが頭の上に盾を掲げてしゃがみこむ。その盾にソラが飛び乗り、さらにソラの肩の上にドナルドが乗っかった。

「グァー！」

ソラの上からより高くジャンプしたドナルドが、隊列の真ん中に魔法を打ち込む。一瞬だけ隊列の秩序が乱れる。そこでグーフィーがジャンプ。飛び上がったところからさらにソラが跳び、崩れた隊列の中に突っ込む。敵の内側から崩す戦法だ。

作戦通り、隊列が一気に崩れる。

「やったあ！」

ドナルドがうれしそうに杖を振り回す。あとは1体ずつ倒していくだけだ。

ソラたちは散らばって、サテュロスを倒し始める。

たくさんがまとまってくると大変だけど、1体ずつなら大丈夫。

でも逆に考えると、ひとりずつだと負けちゃうけれど、みんなの力をあわせれば勝てるってことなのかもしれない。

全部のサテュロスを倒し、ソラたちはハイタッチする。

「僕の魔法が効いたよね！」

「いや俺のジャンプからのアタックだろ」

「ふたりともかっこよかったよぉ」

自画自賛するドナルドとソラに、いつもの、のんびりとした口調で褒めそやすグーフィー。

しかしその時、またも不穏な地響きが鳴る。

「急ごう！」

ソラたちは天界の奥へと進んでいく。


天界の玉座。こんな状況でなければ、その美麗さ、荘厳さは他に追随を許さないものだっただろう。天高く聳え立つオリンポス山の山頂にそれは君臨していた。

でも今は――

玉座の周りを舞い飛ぶペガサスに跨がったヘラクレスが、ハートレスたちの相手をしている。

そして、椅子に座っているのはヘラクレスの父、ゼウスではなく――あのハデスだった。わざわざ自分のための玉座を作り出したらしい。

「ただではおかぬぞハデス。ここから出たら――」

本来の玉座の主、ゼウスはアイスタイタン、ラーバタイタンによって動きを封じられようとしていた。アイスタイタンによって吐き出される氷がラーバタイタンの溶岩を硬い岩に変え、ゼウスを縛り付けていく。

「今日から俺がボスなんだよ」

やがて、ゼウスの姿は岩の中に消えてしまった。

ハデスが横柄に、玉座で足を組む。もうすっかり天界の王気取りだ。

だがそこに、ペガサスを駆りながらヘラクレスが舞い降りる。

「浮かれるのはまだ早いぞ、ハデス！」

ハデスが玉座から身を乗り出す。

「俺たちもいるぞ！」

そこにソラたちも駆けつけた。ヘラクレスがその剣で、神々たちを束縛していた鎖を斬り、解放する。

余裕たっぷりに座っていたはずのハデスが、雄叫びとともに立ち上がり、青い髪をたちまちのうちに真っ赤な色に変え、燃えたぎらせた。

「捕らえろ！」

アイスタイタンにラーバタイタン、そして台風のような風を巻き起こすトルネードタイタンも、ソラたち3人をターゲットに戦闘態勢に入る。

「ソラ、ドナルド、グーフィー、いっしょに！」

その時、ペガサスから飛び降りたヘラクレスが叫ぶ。

「おう！」

ソラたちもそれに応えて、キーブレードを構える。トルネードタイタンが、竜巻状態のまま空高く飛んで様子を窺っている。まずはアイスタイタンとラーバタイタンが相手だ。

溶岩と氷が連続で吐き出されると、あのゼウスでさえ大きな岩の塊になって動きを封じられてしまった。ソラたちは跳びすさったり、横へ跳んだりしながら、氷と溶岩を避けていく。

ここにたどり着く途中で倒したロックタイタンと同じように、足から攻撃しないと動きが止まらないみたいだ。

「おっと！」

「大丈夫かい？　ソラ」

岩を避けようとして転がったソラに、ヘラクレスが声をかける。

「動きを止めるよりも、あいつの頭の上に登った方が！　それには、これが一番早い！」

「えっ？」

「まかせたよ、ソラ！」

ヘラクレスがソラを宙に放り上げ、その足をつかむとぐるぐると加速をつけて回し始め――そのままアイスタイタインの頭めがけて投げ飛ばした。

「うわあ!?」

女の子を助けるために、像を投げ飛ばした時とおんなじだ。ソラは空中でなんとか体勢を整えると、アイスタイタンの頭にキーブレードを振り下ろした。地上ではヘラクレスたちがラーバタイタンの動きを止めようと戦っている。こっちはソラにまかされたみたいだ。

「よーし！」

ソラは立て続けに、キーブレードをアイスタイタンの頭に当てていく。アイスタイタンの目からようやく光が消える。

「ソラ、こっちも！」

ラーバタイタンの動きも、ヘラクレスたちのおかげで止まったみたいだ。アイスタイタンの頭からラーバタイタンの頭に飛び移ると、ソラはキーブレードを振り下ろす。

だがそのさらに上空で、トルネードタイタンが強風を巻き起こし始めた。ソラの体が浮き上がり、風に舞う。

どうやらトルネードタイタンは、ひとりで相手しなくちゃいけないみたいだ。

今俺はあんまり強くないけど――でも大丈夫。だって地上にはみんながいるから。

ソラは風でいっしょに舞い上がったガレキの上をジャンプして伝い、トルネードタイタンに近づく。まずは魔法を放つ。ほんの少しトルネードタイタンの動きが止まったところで、今度は直接攻撃できる射程(しゃてい)に入ってキーブレード。必死に攻撃をぶつける。風の強さに目を閉じてしまいそうになるけど、ひるまない。

あきらめちゃダメだ。

トルネードタイタンが巻き起こす風が止む。地上へと落ちていくソラを、ヘラクレスが抱き留めた。

「ソラ!」

「ありがとう、ヘラクレス」

動きはなんとか止めたけど、アイスタイタンたちはまだソラたちを囲んでいる。さらにそこにロックタイタンが、這(は)い出るように姿を現した。

「グワワワー」

「4体揃(そろ)っちゃった」

不安げにドナルドとグーフィーが、顔を見合わせる。

「大丈夫、今度はヘラクレスもいっしょだし」

ソラはふたりを励ますように言う。

でも、ちょっぴり心配だ。すると、ヘラクレスが笑顔で言った。

「もうひとり、頼もしい人がいるぞ」

ヘラクレスは玉座にある、ゼウスが閉じ込められている岩の塊を登っていく。そして、その岩を左右に力ずくでこじ開け、とうとう裂き砕いてしまった。

まばゆい光とともに、封印されていたゼウスが姿を現す。

玉座に座っていたハデスが、おののき立ち上がる。

「ありがとう息子よ」

ゼウスがヘラクレスの肩を抱いた。そしてその手に雷の矢を出現させる。

「はっはー、さーて父の技をよく見てろー！　それ！」

ゼウスの放った雷の矢が、ロックタイタンの2つの顔にぶつかった。

それをきっかけに、タイタンたちが次々と逃げていく。

その一番後ろ、逃げ遅れたトルネードタイタンの、竜巻状の体の端をヘラクレスがつかまえる。そしてソラを飛ばしたときと同じ要領で振り回し、空へと放りなげた。すると、トルネードタイタンが他のタイタンたちを巻き込みながら、遙か宇宙へと飛ばされていき爆発した。

高笑いのゼウスが、ヘラクレスとハイタッチする。

「やったね！」

一方、それを見ていたハデスが、うめき声をあげながら文句を言い始める。

「18年だぞ、この俺様が18年も温めつづけた計画なのに、よくも邪魔してくれたな！」

「もうあきらめろって！　何度やったってヘラクレスにはかなわないよ」

あきれたようにソラは告げる。

「冥界でおとなしくしててね」

「ジメジメ暗いところがお似合い！」

それにグーフィーとドナルドも続いた。

「この〜〜！　黙って聞いてりゃ、俺様をこけにしやがって！　ムカつき親子にムカつきお供どもがー！」

ハデスの頭が爆発するように、真っ赤に燃えさかる。

「こうなりゃ、おまえらから始末してやる」

まだ戦う気でいるハデスに、ソラたちはキーブレードを構える。

だが――

「ハデス！」

呼びかけられた声に、ハデスがふと振り返る。

「お帰りはあちら」

そう告げてきたヘラクレスと、その背後に立つゼウスに、ハデスの髪が元の色に戻った。

意気をそがれたらしい、ヘラクレスの言う通り、とぼとぼと帰ろうとする。

「おっと忘れ物だよ」

そのままぬけぬけと帰ろうとしていたハデスが、振り返る。

そこへヘラクレスが拳を振り下ろす。

「テーベの町を壊したお返しだ!」

地面に這(は)いつくばったハデスが後ずさりする。

「覚えてろよ……! 少なくとも俺は覚えとくぞ!」

負け惜しみを言うハデス。その体を黒い煙が取り巻き、姿を消していく。

「またメガラを死の川に放り込んで――」

そこにゼウスが稲妻を投げつける。黒い煙の中に稲妻も一緒に飲み込まれ、余計な捨て台詞(ぜりふ)ごとハデスはようやく姿を消した。


ソラたちはヘラクレスと一緒に、天界からの階段を降りていく。ヘラクレスがほんの少し名残(なごり)惜しそうに、後ろを振り返る。

「ほんとに戻って来ちゃってよかったのか?」

ちょっと心配になって、ソラは言う。

「生まれ故郷だったんでしょ？」

「お父さんもいたのに」

グーフィーとドナルドも、おんなじ気持ちだ。でも、ヘラクレスは首を振る。

「お父さんとはいつでも会えるから……それより、大切な人と離ればなれになるのは、きっと、むなしいことだから」

ヘラクレスの視線の先――階段の下にはメガラが待っていた。

「あそこが僕の居場所だ」

そう言うとヘラクレスは走り出す。そしてメガラに近寄り、抱きしめた。

「ヘラクレス……」

腕に抱かれたメガラが、やさしい声でその名を呼ぶ。

ソラたちも階段を下りて、ふたりに近づく。

するとヘラクレスがなにかを思いだしたように、ソラたちを振り返る。

「そうだ、ソラが聞きたいことの答え、途中だったな」

「ううん、いいんだ」

ソラは首を振る。なんとなくわかったことがある。

「きっと誰かに教わるようなことじゃない。ヘラクレスたちのことを見ててわかったよ〝助けたい一心〟それだけで充分だ」

ソラはそう言うと、笑顔になった。

仲間を助けたい気持ち――今はそれをより強く、持ちたいと思っている。

一緒に戦ってくれる仲間、励ましてくれる仲間、大切な人。

そういう人たちを助けたい。

力はまだ取り戻せないけれど、でもきっとその気持ちがあれば大丈夫。

「うん、やっぱりここに来てよかった！」

「ソラのその心があれば、失った以上の力を手に入れられるさ」

ヘラクレスが確信を口にする。

「その時はヘラクレスよりも強くなってるかもな！」

「また調子に乗ってー」

ヘラクレスのマッチョポーズを取ったソラに、ドナルドがあきれる。

オリンポスにソラたちの笑い声が響き渡った。

その頃――ハートレスのいなくなったテーベの広場の一角。

「ホントに予知書が入ってる箱なんてあるのか？　黒コートのヤツにかつがれたんじゃ？」

地面を掘りながら、疲れた様子でピートが言った。

「口を動かさず手を動かすんだよ」

マレフィセントはピートを叱ると、腕を組む。そして続けた。

「予知書は必ず手に入れなければならない。手がかりのない私たちは、どんな情報だろうと確かめる必要があるのさ」

「そんな数撃ちゃ当たるみたいなやり方で――おぉっ？」

文句を言いかけたピートが、なにかを見つけたみたいだ。

「ふおっ！」

「何だい？　何かあったのかい。さあ見せてごらんよ」

マレフィセントが身を乗り出す。ピートが抱え上げたのは、紫色の箱だった。

「マレフィセント、これがハデスが言ってたパンドラの箱だろ⁉」

「埋めておしまい」

目を細めて箱を見つめると、マレフィセントは吐き捨てるように告げる。

「えええええ！　やっと見つけたのに！」

「パンドラの箱と黒い箱は別物、もうこの世界に用はない、行くよ！」

「えええええ――！」

そんなふたりを建物の上から見下ろす人影がひとつ——

「鍵が……——」

シグバールはそう小さく呟いた。


ソラがヘラクレスの元に向かうほんの少し前。

不思議な塔のイェン・シッドの前に、リクとミッキー、そしてカイリが立っていた。

「ゼアノートとの決戦の日は近い。我々は7つの純粋な光の心を守る、7人の光の守護者を揃えねばならない。その為には10年余り前の悲劇に消えた3人のキーブレード使い、ヴェントゥス、テラ、アクアをこの世界に呼び戻すことが必要不可欠だ。最初のゼアノートとの戦いのあと、心が眠ったままのヴェントゥスは、アクアが安全な場所に隠したようだ。そして消息を絶ったテラを捜しに出たアクアは、自力では帰ってこられない世界にいるそうだ」

イェン・シッドは皆にそう説明した後、大きな瞳を閉じ沈思する。

それにミッキーが頷く。

「アクアとは闇の世界で会ったんだ」

ミッキー——王様の長い話が始まる。

第2章
DARK WORLD

どこまでも闇が続いていた。

もうどれだけ歩いたのかわからない。

それは森の中のことも、山道のこともあった。

闇の世界に時間の概念はなく、ただひたすら長く、歩き続けていたような気がする。

光の世界でどれだけの時間が流れたのかもわからない。

でも歩き続けるしかなかった。

アクアは顔をあげる。

どことも知れぬ闇の光景が続くと思っていたこの場所に、見覚えのある城があった。

「――あれは？」

思わず呟く。それはシンデレラが王子と出会った――、あの城だ。

なぜ闇の世界にシンデレラの世界が――？

城の塔部分には、大きな時計がついていた。シンデレラの魔法が解ける時間――12時を針は指し示し、止まったままだ。

アクアは城に向かって歩き始める。その前に立ちはだかるように化け物が出現する。この世界に出現する敵は、かつて戦ったアンヴァースではなかった。アクアはその手にキーブレードを出現させ、振り下ろす。魔法を放つ。

力は衰えていない。ただ、少し闇の中を歩きすぎて疲れているだけだ。

化け物が消え去っていく。

もし目の前にある城が幻ではないとしたら、光の世界になにか異変が起きているのかもしれない。

さらに城に近づこうとしたアクアの足元で、道が崩れていく。ここからはかろうじて渡れる瓦礫の上を進むしかなさそうだった。

闇の世界にあるというのに、城は光に満ちていた。まるで城がそっくりそのまま、この世界にやってきてしまったかのようだ。

胸がざわめく。

これまで歩いてきた道には、標になる建物などひとつもなかった。でも今は違う。

あの城があった。

アクアは崩れた道を進んでいく。

しかしその前に化け物が現れる。

アクアの心がざわめくように、化け物たちもざわついているのかもしれなかった。

振り返るとそこには、道と同じようにねじれゆがんだ街があった。

城下街ごとこの世界に飲み込まれてしまったのだろうか——自分のように。

きっとこの世界にもたくさんの人がいた。人だけじゃない。主人の帰りを待つ犬、お気に入りの場所で眠る猫、多くのいきもの、木々や花々——日常が奪われることは悲しみに包まれることと同じだ。ここはたくさんの悲しみにあふれている。

アクアはその手を握りしめる。

進まなくては——振り返っていても何も始まらない。

そう自分に言い聞かせたアクアの足元がまた崩れ始める。城へと向かう道がなくなっていく。

同時に時計の針が動き始める。時が進み、道が途切れる。

すぐそばにひとつ歯車があった。

闇の世界に時間の概念はない。でも、もしかすると——

アクアはその歯車をキーブレードで叩く。歯車が光を放ち、動き始めると同時に城の時計が戻っていく。そして、崩れた道もまた戻っていく。

こんな風に時間を巻き戻せたらどんなにいいだろう。テラとヴェン、3人で星を見上げたあの夜に戻ることができたら。

アクアは空を見上げる。星ひとつない真っ暗な闇がそこにはある。

あの日のことを思い出す。

３人でまた夜空を見つめよう。そして、流れ星を探そう。


３人で星空を見つめたのは、マスター承認試験の前夜だった。

アクアは城に向かって再び歩き始める。どうしてもあの頃のことばかり思い出してしまう。

振り返ってはダメだ。振り返れば闇に捕らわれる。前に進まなければ。

襲いかかる化け物たちを倒し、アクアは進んでいく、城へ。

城の前の広場に足を踏み入れる。そして振り返る。歪んだ世界、ここは闇の世界のままだ。

元の世界に戻ってきたわけじゃない。


「アクア」


突然の声にアクアは振り返る。その声を聞き間違うはずがなかった。

テラ。

城の階段をテラが下りてくる。

「そんな――どうしてここに」

テラが近づいてくる。胸が苦しい。だってあなたは、私が光の世界に送り返したはず。

「あなたは光の世界に――まさか、戻れていなかったの？」

それとも光の世界に異変が――？

テラはやさしい微笑みを浮かべて、立っている。

「どうして何も言ってくれないの」

アクアはテラに手を伸ばす。だが、その手はテラの体をすり抜ける。

「あなたはこの場所が見せた思い出？　それとも、弱気になった私を叱りにきた？」

ひとりごとのように呟いたアクアの前で、テラは光となって姿を消す。

これは幻。思いはその場所にも宿る。世界を奪われてしまった人々は、どこへ消えてしまったのだろう。今この城には誰もいない。この世界の住人は闇に堕ちるのを免れた。それを確かめられただけでもよかった。きっと。

アクアは城の中に入る。だがそこは城の広間ではなく、森の中だった。

この世界――白雪姫がいた世界。

この世界も闇に堕ちてしまったのだろうか？

傍らにアクアはガラスの棺を見つける。白雪姫が眠っていた棺だ。

そこに駆け寄ったアクアが見たのは。

「ヴェン！」

その名を呼びかける。でも、すぐにヴェントゥスは光となって消えてしまう。

これも幻。

「あなたも何か伝えに来たの？」

空っぽになった棺を、アクアはそっとなぞる。

必ず起こすと約束したのに、ごめんね。あなたを目覚めさせるために帰らなければ。闇に溶けそうになる心を繋ぎ止めてくれているのは、その思いだった。

ふいにアクアは気配を感じて振り返る。そこに現れたのは大きな鏡だ。見覚えがある。

そうだ、これは白雪姫の城で見た鏡。

鏡に自分の姿が浮かび上がる。

鏡の中の自分が手を伸ばす。そして本体であるアクアを、鏡の中へと引き込んでゆく。

鏡の向こうは、その鏡が本来あった場所、城の大広間だった。

鏡はいくつもあり、アクアを惑わせる。自分が通った鏡がどれだったかもわからなくなる。

鏡に映るのは自分ばかり。

絶望してはならない、闇に溶けてはならない。

いつもそう心の中で言っている、絶望しそうで、闇に溶けそうな自分だ。

自分の虚像がそこには映っている。

虚像は心虚ろなおまえの方だ。

自分の声が聞こえた気がして、アクアは息を飲む。

鏡に映っている自分が笑う。そしてゆっくりと鏡から抜け出し、歩み寄る。

アクアは背後へと飛び退り、叫びながらキーブレードを構える。

「虚ろなものか！　私の心はここにある！」

　誰も救えない、救ってくれないの。

うっすらと笑いを浮かべたままの自分が、キーブレードを振るいながら、そう心の中に呼びかける。

　人との繋がりは煩わしいだけ。

そんなことはない。テラとヴェンがいたから、ここまでこられた。ふたりがいるから、希望を捨てないでいられる。

　二度と光の世界に戻れない。

戻れる。きっと戻れる。だってテラとヴェンが待っているから。繋がっているから。

戦い続けることに意味はあるの？

ある。戦わなければ前に進めない。進まなければ。またふたりに会うために。

本当にキーブレードマスターとしてふさわしいの。

私はまだ負けてはいない。この力――キーブレードマスターとして、私は進んでいく。

もうなにもかも忘れて闇に溶けてしまおう。

溶けない――溶けるわけにはいかない。胸が苦しい。目の前の自分は、ただ攻撃をしてくるだけだ。本当の自分はどちらなのだろう。もしかしたら、彼女が言っていることが、真実なのかもしれない。彼女は闇に溶けてしまった自分なのかもしれない。

でも、それでも。

「私は進む！　友との繋がりのために！」

アクアは叫び、自らの虚像に向かってキーブレードを叩きつけた。

自分の姿が消えていく。

テラもヴェンもなにも話してくれなかったのに、自分の幻は心を揺さぶることばかり言う。

闇の世界に堕ちてから独り言が増えていたけれど、自分の幻はまるでいつもする自問自答と同じように語りかけてきた。

アクアは鏡の中の自分を、もう一度見つめる。

もう勝手に動いたりはしない。

でもこれは自らの心の弱さ――誰もいない闇の世界に長い間いたせいで、今まで見えなかったものが浮き彫りになったのかもしれなかった。

心の弱さに闇が入り込み、染まり始めている――これは闇に飲まれる前に見せられている夢なのだろうか。

アクアは鏡に背を向け、歩き始める。

そこに広がっているのは茨の森。マレフィセントという名の魔女に眠らされた、オーロラ姫のいた世界。

この世界まで闇に飲まれてしまったのだろうか。

その森の向こうに、アクアは人の気配を感じた。

「テラ――?　ヴェン?」

それはきっと幻だ。

でも、たとえ幻でも、闇に飲まれることになっても会いたい。

会いたかった。

そのアクアの行く手を茨が阻(はば)む。

襲いかかるように伸びる茨を、アクアは断ち切る。

ふたりの姿はまだ視線の先にあった。

アクアは茨を撥(は)ね除(の)け、化け物たちを倒しながら進んでいく。

どうしても私に会わせないつもりなのだろうか。

だったらどうしてこんな幻を見せるの。

こんな幻――――でも、会いたい。

幻を追って森を抜けた先にいたのは、今までとは違う巨大な化け物。

それが何体も。

アクアは最後の力を振り絞り、駆け出す。

会いたい。

ヴェンの笑顔が、テラが力強く頷(うなず)く顔が、マスター・エラクゥスの温かいまなざしが、ミッキーの姿が、そして旅の中で出会った、たくさんの人々のやさしい顔が思い浮かぶ。

ひとりじゃない――――繋がっている。

アクアは化け物をすべて倒し、肩で息をする。そこにテラとヴェンが待っていた。

テラがゆっくりと振り返る。

「――アクア、俺は……」

幻だと思っていたテラが、言葉を発する。

「テラ……話せるの？」

テラが目を見開く。

「俺が見えるのか？」

「もちろん！」

幻じゃなかった……？　幻じゃない？

「テラ！」

アクアはテラに駆け寄る。

「ヴェンも見えてるわ」

「ヴェンも――ここにいるのか？」

テラは不安そうに周囲を見回す。

「テラどうしたの？　あなたには見えないの？」

「ここは――どこだ――」

「闇の世界に飲み込まれた、エンチャンテッド・ドミニオン」

テラに教える。テラは少し混乱しているようだった。

テラは静かに首を振る。

「世界は……闇に飲まれたのか――？」

「どうしたのテラ？　あなたは本物のテラなの？」

まだ信じられなかった。どうしてテラが、ここにいるのかもわからない。追っているのは幻だと思っていた。私の心の弱さが見せた幻だと――

でもこのテラはきっと違う。だとしたら。

「ヴェン！　あなたは話せないの？」

アクアの呼びかけにも、ヴェンはうつむいたままだ。

じゃあやっぱり、このテラも幻……？

「アクア、落ち着くんだ――俺は本物であって、本物の姿ではない……」

「どういうこと？」

アクアは黙ったままのヴェンを挟んで、テラと向き直る。

「俺をテラと呼ぶのなら、アクアに見えているのは俺のかつての姿だろう。しかし見えているのは心の中にある過去の俺の姿――今の俺は暗闇の中にいる」

テラの言葉に、不安でいっぱいになる。あのとき、テラを光の世界に戻したはずだった。なのに、暗闇の中にいるとは、いったいどういうことなのだろう。

「あなたもこちらに、闇の世界に来ているの？」

「いや、心だけが闇の世界に繋がってる――だからこうして話せているんだ」

テラがゆっくりと歩き始める。その視線は、アクアではないどこかを見つめている。

「だが、俺には何も見えていない。もしヴェンが見えているのなら、俺の姿同様、おまえの心が見せている幻だろう」

「そうなのね。じゃあ、あなたもヴェンももとの世界にいるのね？」

「おそらく――」

「よかった……」

アクアはほっと胸をなで下ろす。テラも自分と同じように、闇の世界に取り込まれてしまったのかと思った。自らのキーブレードとともに、テラを確かに光の世界へと送り帰したはずだった。その最後の願いは叶えられた。

「でも、なぜここに？」

「繋がり――闇の中にアクアを感じた」

テラが胸を押さえ、そう答える。アクアはさらに問う。

「なぜあなたの心は闇の世界に繋がっているの？　暗闇の中って、どこにいるの？」

テラは目を伏せる。

「俺のことはいい、それよりゼアノートはヴェンを捜している」

アクアの質問には答えず、テラは宿敵、ゼアノートのことを告げる。

「ヴェンは見つけられないわ。安全な場所に隠しているもの。姿を現しても何も話してくれないのは、まだ安全に眠っているからだと思う」

テラを安心させようと、アクアがそう伝えた時、テラの表情が苦悶に歪む。

「ダメだ……抑えきれない」

テラが頭を抱える。その髪が白くなっていき、表情が変わる。

「それは――目覚め、の部屋か？」

一瞬テラの姿がゆがみ、その姿がふたつにぶれる。白い髪のテラと、いつものテラ。

「あなたは――誰？」

とっさにアクアはヴェンをかばう。

「何を言っている？ 俺は……」

そう言おうとした白髪のテラを、もうひとりのテラが羽交い締めにする。

「……ダメだ！ アクア」

「テラ⁉」

「俺はまだ、ゼアノートと共にある――奴は俺を使い、ヴェンの居場所を聞き出そうとしたんだ！」

ふたりのテラがもみ合う。

「黙れ！」

あたりが闇に包まれ始め、森が壊れていく。

「俺はあきらめない！　アクア！　おまえも――――！」

「まだ抗うか！」

白髪のテラが、テラをつかみあげる。

なんとかしなければ――アクアが駆け寄った刹那、中空からもうひとつの真っ黒な巨人の影が現れ、その手がヴェンを奪い去る。そしてさらに、アクアももう片方の手に捕らわれる。

「アクア！」

テラが叫ぶ。

「このまま闇に溶けてしまえ！」

白髪のテラの言葉とともに、黒い腕の力が強くなる。

「ヴェン――――」

アクアは、捕らわれているヴェンを見つめる。まだ目を覚ましていない。

「させるかー!!」

テラが叫んだ。その体から吹き上がるのは鎖――ああ、この鎖はマスター・エラクゥスのあの鎖と同じだ。

でも――あたりは闇に包まれていく。

ヴェンも見えなくなった。そしてテラも。

私は闇の中に沈んでいく。

もう私——このまま闇に溶けて——……？

手のひらに握りしめていた、繋がりのお守りが落ちていく。

誰か、助けて。誰か。

そのお守りを、誰かの手がそっと受け止めた。

「アクア、大丈夫かい？」

沈んでいくアクアの手に、お守りを握らせる。そしてやさしくアクアに寄り添う。

「ミッキー……？　どうして……」

その優しい手はミッキーのものだった。

ミッキーはアクアの手を導くように引いて、着地する。

「テラ⁉　ヴェン⁉」

意識を取り戻したアクアが叫ぶ。だが、またしてもアクアたちを闇が取り囲む。

この世界で戦い続けてきた、あの化け物だ。

「話はあとにしよう」

ミッキーが、キーブレードを構える。

「闇に巣くう者」

そしてアクアも一緒に。

「あれはハートレスだ！」

ミッキーが言った。ふたりはその真っ黒な化け物――ハートレスに立ち向かう。

ハートレスたちが無数に積み重なり、巨大なうねりとなってアクアたちに襲いかかる。アクアは戦う。ミッキーとともに。

ひとりじゃないことが、こんなにも心強いなんて思わなかった。

ずっとひとりだったから。

でも大丈夫。

「これで終わらせる！」

アクアは魔法を放つ。その隣でミッキーが、いっしょにキーブレードを振るってくれる。アクアの魔法に飲み込まれるようにハートレスが動きを止め、そこにさらに、キーブレードをふるう。ハートレスの群れが分裂し、逃げていく。

「深追いはやめておこう」

ミッキーが言い、キーブレードを収める。それに頷き、アクアも攻撃の手を止めた。

「それにしても、まさかこんな所で再会できるなんて思いもしなかった。いったい何があったんだい？」

アクアはうつむく。そしてミッキーに問いかける。

「テラとヴェンを見ませんでしたか……？」

「君しか見なかったよ」

ミッキーが言った。アクアは胸元で、繋がりのお守りを握りしめる。

「私が――私の心の弱さが闇につけ込まれました」

「そう……でも大丈夫そうだ」

「はい――」

うつむいたまま、アクアはミッキーに答える。

「ずっと君たちを探していたんだ。どうして闇の世界に？」

ミッキーの問いかけに答える前に、アクアには訊いておきたいことがあった。

「光の世界では、どれくらい時間が経ちましたか？」

私が闇の世界を彷徨い始めてから、いったいどれくらいの時間が流れ去ったのか？

「約……10年」

ためらい気味に教えてくれたミッキーに、アクアは顔をあげ空を見つめる。

「……そうですか」

予想していたことではあった。だが、それでも10年という歳月は短くはない。

「私はあの後、ヴェンを安全な場所に隠し、テラのもとへ向かったんです。しかしテラを闇に奪われそうになり、それを阻止するには私が闇の世界に残るしかなかったんです」

そう話しながら、アクアは繋がりのお守りを見つめる。

「そう、だったんだね……」

今度はミッキーがうつむく番だった。アクアは、ミッキーと視線をあわせようと膝をつく。

「ミッキーこそなぜ闇の世界に？　光の世界に何が起きているんですか？」

「いくつもの世界が化け物に襲われて闇に飲まれてる。それぞれの世界の心が奪われているんだ」

ミッキーはアクアを見つめる。

だからいくつかの世界が、こんな風にここに現れたのか。

「これ以上の闇の浸食を防ぐためにも、光と闇、双方の世界から扉を閉じなければいけない。それには闇の世界にある鍵が必要なんだ。それで闇の世界への入口を探していたんだけど、世界の境界は不安定になっていてね、光と闇の狭間にある世界では、どこかの世界が闇に飲まれる度に、闇への入口が開閉していたんだ」

そう説明すると、ミッキーはアクアの手にある繋がりのお守りに、そっと手を添える。

「そして、闇の中に懐かしい光を感じたんだ。その繋がりをたどって進むと君がいた」

そう言ってミッキーは、ようやく笑顔になった。

「繋がり——きっとテラとヴェンが、ミッキーとの再会に導いてくれたんだと思います」

ミッキーは頷く。アクアは繋がりのお守りを見つめる。

「しかし、世界はまた闇の脅威に——……テラは光の世界にいないのでしょうか？」

「まだ見つかっていないんだ……」

アクアの問いかけに、ミッキーは首を振った。

「そうですか……でも、テラはまだ戦いつづけています。心は闇に堕ちていない。私にもあきらめるなと言っていました」

アクアは繋がりのお守りを、握りしめる。

「そうなんだね、それなら安心だ」

「はい、でもヴェンの方は、私が戻らなければ目覚めません。だから、私は光の世界に帰らなければいけません」

ヴェンを目覚めさせ、テラを探し出さなければ——！

アクアは立ち上がる。

「うん！　じゃあ、鍵を探して一緒に帰ろう！」

ミッキーが笑顔で励ましてくれた。

「帰り道はわかっているんですか？」

ふと訊いてみたアクアに、ミッキーは頭をかきながら答えた。

「いや、それが、入口を探すのがやっとで、帰り道のことまでは考えてなかったんだ。でも、ふたりならなんとかなるさ！」

その様子に、思わずアクアは噴き出す。

そういえば、星のかけらであちこちを飛び回っていたあの頃のミッキーは、案外後先を考えず行動しがちだった。

「相変わらずですね」

アクアが懐かしそうに言うと、ミッキーも笑い出す。

ああ、こんな風に笑うなんて、いつぶりのことだろう。

「鍵が導く心のままに――」

ミッキーが闇の向こうを見つめ、呟いた。

「ずいぶん古い言葉を使うんですね」

その言葉には覚えがあった。

ずっと昔に、使われていた言葉。

「大昔のキーブレード使いたちが交わした言葉。今はこの言葉を信じてみたくなったんだ」

アクアが頷くと、ミッキーが手を差し出す。

「さあ行こう！」

「はい！」

ミッキーのその手を握りしめ、アクアも決意を新たにする。

きっとふたりなら大丈夫。この世界から抜け出し、帰ることができる。

アクアはミッキーとともに進み始める。

それはまた闇の道。どことも知れない森の中——山道。

現れるハートレスという名の化け物たち。

でもひとりじゃない。

そして——たどり着いたのは青空の広がる美しい浜辺だった。

見覚えがある。

ここはあの子たちと出会った世界だ。

でもこの風景がここに広がっているということは、この浜辺もきっと——

「本当にたくさんの世界が、闇に飲み込まれているんだね。アクアは、この世界を知っているのかい？」

ミッキーが訊く。ミッキーはこの世界を知らないみたいだ。

アクアはこの美しい浜辺で出会った、ふたりの少年のことを思い出す。


　ね？　君たちの名前を教えてくれる？


「はい。ここを訪れた時、キーブレードを継承してもいいと思える子たちがいたんです。でも、すでにテラが継承していたようなのでやめたんです」

「え？　まさか、その子たちの名前は？」

「確か――ソラとリク……」

そう、そんな名前のふたりだった。するとミッキーはなにかに気がついたのか、

「なるほど……じゃあきっとここに――」

あたりを見回しながらアクアに言った。

「今、僕と扉を閉めようとしているのは、アクアが出会ったそのふたりなんだ」

アクアもそのめぐり合わせに驚きを隠せない。

「あのふたりが!?」

「彼らがキーブレードを初めて手にしたこの地、その裏となる闇の世界側のここに、僕が探している闇のキーブレードがあるはずだ」

ミッキーが確信を口にした瞬間、地面が揺れる。そして、以前に追い払った筈のハートレスの群れが、再びふたりの前に姿を現した。

「時間がなさそうだ、急ごう！」

そう促すとミッキーは、キーブレードを構え駆け出した。アクアもそれに続く。ハートレスを倒しながら島を走って行く。

この島のどこかに闇の世界のキーブレードがある……？

あたりが闇に包まれていく。海が荒れ、嵐となり、空に暗雲が立ちこめる。嵐の中、ふたりは進んでいく。

「この奥へ行ってみよう」

ミッキーが茂みの奥を指し示して言った。そこには隠れるように洞窟があった。

「ここは……？」

洞窟の壁には落書きがある。そしてその奥には扉が。

「きっとこの中だ」

ミッキーが扉を開く。その中は暗闇だ。

「あれだ！」

その暗闇の中、金色に輝き浮かび上がるキーブレードに、ミッキーが近づいていく。

「そのキーブレードが？」

「これが僕の探していた鍵、闇の世界のキーブレードだ」

ミッキーがそのキーブレードを手に取る。光が吸い込まれるように消えていく。

「ふたりが闇の扉を結ぶ。二つの鍵が扉を結ぶ。光を封じる闇への扉。光ある者を通さぬ扉。鍵はこれで揃った、後はこちらから扉を閉じる者」

「それは？」

まるで呪文を詠唱するように言ったミッキーに、アクアは問いかける。

「光と闇を結ぶ扉は、心に光を持つ者は通れない。つまりそこから闇があふれ出しているんだ。そこを閉じるには、光と闇のキーブレードと、両側から扉を閉じる者が必要なんだ」

「それならミッキーがキーブレードを使って、私がその間に扉を閉じます」

アクアは、その役目を買って出る。ミッキーが扉の向こうに行くべきだと、そう思ったからだ。だが、ミッキーは首を振った。

「いや、扉を閉じる者はもう決まってるんだ」

「え？」

そのとき、世界が鳴動する。するとふたりは一瞬だけ光に照らされた後、闇に包まれる。

光の中で見たのは、銀色の髪をした少年だった。

あれは、リク。

ふたりが一瞬のまぶしさに目を閉じ、再び目を開いたとき、そこはいつもの闇の世界だった。

ひとつ異なるのは、その先に白く大きな扉があるということ。

「あの扉が……？」

「キングダムハーツの扉――」

ミッキーはその扉を見据え、それからアクアを振り返る。

「あれは君が知っているキングダムハーツとはまた別なんだ。少し規模の小さい、世界の心のキングダムハーツ。真のキングダムハーツではないけれど、このまま開いた状態にしておくと、ここから闇があふれ出して世界を覆ってしまう」

世界の心のキングダムハーツ――なぜそんなものが出現してしまったのか。

ミッキーは続ける。

「この鍵と光の世界にいるソラの鍵を合わせれば、扉を閉じることができる」

ミッキーは再び扉へと、視線を戻す。

「あとはリクさえ来てくれれば――」

リク。そしてソラ――

あのとき出会ったふたりが、繋がっているなんて。

「あれは！」

ミッキーが叫んだ。リクが走って行く姿が、闇の中に見える。

「これで揃った！ アクアもいっしょに――！」

ミッキーがそう告げたとき、またもハートレスの群れが現れ、リクへと向かう。

「しまった！」

リクを追ってミッキーが駆け出す。アクアは跳び、その群れにキーブレードを掲(かか)げる。放たれるのは光の鎖(くさり)。動きを止めなければ。

「させるか！」

「アクア！」

ミッキーの足が止まる。

「行ってください！」

「でも！　アクア――――！！！！」

アクアはハートレスの群れに飲み込まれ、洞窟の外へと押し出される。

そこは美しい海岸――デスティニーアイランド。

アクアは懸命にキーブレードを振るう。

光の世界の戦いは、まだ続いている。テラとミッキーの言葉で、それを知ることができた。

だったら私は、もう少し闇の世界に留まろう。

もし誰かが、闇の世界に迷い込んだ時には力になれる。

私に繋がる道をたどれるよう、闇を照らす光となろう――

アクアにハートレスの群れが襲いかかる。

そしていつか、テラとヴェンのもとに帰る。

「私はマスター・アクア。心配は必要ない」

自分に言い聞かせるようにアクアは言う。

そして、アクアのキーブレードが振り下ろされた。

「アクア……」

ひとり残されたミッキーは、キーブレードを握りしめる。

そして扉の前で、闇のキーブレードを掲げた。

「さあソラ！　いっしょに鍵をかけよう！」

扉の向こうに呼びかける。

ミッキーの体が光に包まれた――


アクアはひとり、デスティニーアイランドの海岸に横たわっていた。

「きれい……」

空がゆっくりと夕闇に包まれ、そして夜空になる。

「テラ、ヴェン……」

あのとき、３人で見た星空を思い出す。


３人でまた夜空を見つめよう。そして、流れ星を探そう。

また、ひとりになってしまった。

でもミッキーに会えた。この世界は光の世界とちゃんと繋がっている。
そして、世界に光が降り注ぐ。
それは、このデスティニーアイランドが、光の世界へと帰っていくという証。
よかった、世界は再生される。ミッキーが扉を閉じたということだ。
世界の消滅とともに、アクアは再び闇に飲み込まれていく。
鍵が導く心のままに――そう、私はここにいる。

第3章

THE MYSTERIOUS TOWER

「かすかに、アクアの声が聞こえた気がした」

ここは不思議(ふしぎ)な塔。イエン・シッドの前でミッキー──王様の長い話が終わる。

それを聞いていたリクは俯(うつむ)いたままだ。そのリクを、カイリはじっと見つめている。

「アクアは俺を助けるために──」

リクは拳(こぶし)を握りしめる。

2年前、闇の扉を閉めようとした自分の陰に、ミッキーがいたことは知っていた。でも同じ場所にもうひとり、会ったことのないキーブレードマスター──アクアがいたことは知らなかった。

胸が苦しくなる。珍しく、リクがミッキーに詰め寄る。

「どうしてもっと早く話してくれなかったんだ？」

「アクアが望んだことなんだ……」

ミッキーは首を振りながら、静かにそう答えた。

「たとえそうでも、もっと早く助けに行くべきだった。俺たちにも話してほしかった」

「うん……」

こんなことは初めてだった。なおもリクがミッキーを責めている。カイリがリクを見つめる。

そして、それをイェン・シッドが止めた。

「まあ待て、リク。王がアクアと再会した時でさえ、闇の世界へ行く方法を探すのは、容易ではなかった。仮に行く方法を見つけたとして、アクアを無事に助けて戻れる力を持つ者は、いなかった。だから私が禁じたのだ、語ることさえな」

「なぜ語ることも？」

だが納得のいかないリクは、イェン・シッドにも問う。

「知れば今のように、おまえや、何よりソラが無謀に乗り込もうとしただろう」

大きな目をさらに大きく見開いて、イェン・シッドが答えた。

「でも、もう準備は整った。僕とリクとで、アクアを捜しに行こう！」

そんなリクに、力強くミッキーは言った。

「ああ、もちろんだ！」

リクもまた力を込めて答える。その様子を見ていたカイリが、笑顔になった。

「ちょっと見ない間にずいぶん変わったね、リク」

「そうか？」

なにか変わったのだろうか——髪を切ったことと、ほんの少し年齢を重ねただけだと思っていた。

「うん、何だかソラみたい」

そう指摘して、カイリが今度は声を立てて笑う。

「それ、褒めてるのか？」

言い返したリクをイェン・シッドもやさしい微笑みを浮かべて、見つめる。

そう言われれば、確かに変わったのかもしれない。

「もう大人ぶるのはやめたんだ。心のままに自由でいたいと思ってる。——確かに、ソラっぽいな」

「でも、リクはリクだよ」

カイリの言葉に、リクは笑顔で頷く。そして、カイリがイェン・シッドの元に進み出た。

「私も、少しでも力になれればいいのですが……どうすれば？」

「新たなキーブレード使い、カイリとリアのことは、魔法使いマーリンに頼んである」

「リア？」

一緒に修行をするのは、知らない人だ。カイリは無意識に訊き返していた。

「アクセルのことだよ」

「ええ？」

ミッキーが教えてくれたその名前に、思わずカイリは声をあげ、一歩後ずさる。

アクセルはⅩⅢ機関として、かつてカイリをさらった張本人だ。

だが旅の途中で何度か会ってきた彼もまた、〝変わった〟のだとリクは思う。

「彼は人間に戻って、ソラのことも助けてくれた。心配しなくていいよ」

ミッキーが語る、その後のアクセルのこと。カイリはリクを振り返る。リクがカイリに頷いた。

「じゃあリク、僕たちも出発しよう。まずは闇の世界への入口を探さないと」

待ちきれないのか、ミッキーが出発しようと扉に向かう。それにリクとカイリも続こうとした。すると、イエン・シッドが3人に声をかけた。

「王よ、これを持って行きなさい。3人の妖精からの贈り物を預っている。リクとふたり分、闇に対抗する新たな衣だ」

イエン・シッドが机の上に手をかざすと、ふたつの四角いカバンが、光とともに現れる。小さい茶色いカバンはミッキー、そして青いカバンはリクのものだ。ミッキーとリクはそれを受け取り、声を揃える。

「ありがとうございます」

カバンを持ったリクとミッキーが、顔を見合わせ頷く。

「さあ行こう！」

ミッキーが力強くそう言った。

そしてふたりは闇の世界にいた。

リクとミッキーの服装はイェン・シッドから贈られた新しいものに変わっている。それぞれミッキーは赤いズボン、リクは青いズボンの裾にまるでおそろいのようにチェック地が入っている。ジャケットの形も少し似ていて、頭を隠せるようなフードもついていた。

リクはあたりを見回しながら、ゆっくりと歩いて行く。

かつて――この世界には2回来たことがある。

闇の扉を閉めたとき、それからソラと一緒にここにたどり着いたとき。

「どうしたの？ ずいぶん歩いて来たし、少し休むかい？」

歩みが遅いリクを、ミッキーが振り返る。

「なぜかな、この世界に来たのはそんなに前じゃないのに、遠い昔のことのように感じる」

最後にこの世界にたどり着いてから、それほど時間は経っていないはずだった。でも。

するとミッキーが言う。

「リクは、あれから多くの世界を回り、多くの感情に触れ合ったんだ。普通は何年もかかる経験をしてきたからね」

ミッキーはそう言いながら、リクに歩み寄る。

「最初にこの世界に来た時、不安で仕方なかった。でも今は不安も恐怖も感じない。むしろ気持ちが高ぶってるように感じるんだ。これはまだ俺の中に闇があって——ざわついているんじゃないかと思ったんだけど、それでもない気がする」

リクは自分の胸に手を置くと、一瞬目を閉じる。

闇に捕らわれていた自分のことを思い出す。でも光と闇はいつも表裏一体で、その闇に捕らわれさえしなければいいだけだ。どこにだって闇はある。でも、自分の心の中にもう闇は巣くっていない。

リクはさらに続ける。

「ミッキーからアクアの話を聞いて、気持ちが急いてしまったけど、それとも違うんだ。闇に負ける気がしない。前と違ってミッキーと一緒だからかな？」

最後だけ笑顔になってリクは言った。するとミッキーもまた、笑顔で首をふる。

「ううん、それはきっとリクが大切な人を守る強さを手に入れた、ってことじゃないかな？」

「えっ？」

ミッキーからの思いもよらない指摘に、リクは驚いた。

「自分の感情より誰かを助けたい気持ちの方が前にきてる。不安や孤独を感じる隙がないほどにね」

リクは自分の右手を思わず見つめる。突然思い出されるのは、子供の頃のおぼろげな記憶。

どうして強くなりたい？

大事なものを守れるでしょ？ 友だちや、みんなを。


あのとき言葉を交わした彼はいったい何者だったのだろう。あの日この手に握ったのは――キーブレード。

「大切な人を守る強さか――まだ小さかった頃の約束を思い出すよ」

「約束？」

「ある人とかわした約束……秘密なんだ」

リクはその拳を握りしめる。

秘密の約束。俺にかけた魔法が解けてしまうから、みんなには内緒だと彼は言っていた。

「大切な思い出なんだね」

「ああ」

もしあのときの約束が今に繋がっているとしたら――もしかしたら。

リクは、ミッキーに問いかける。

「ミッキーもアクアとの思い出――この世界で何か手掛かりは憶えてない？」

「それが……前に来たときとは様子が変わってるみたいなんだ」

ミッキーがあたりを見回す。

「確かに俺が知ってる景色とも違うみたいだ」

リクも同意する。初めて来たとき、2回目に来たとき、そのどちらとも景色が違う。でも闇の世界は広大だろうし、新たに闇に飲み込まれた世界があって景色が変わったのかもしれなかった。

「アクアとの繋がりをたどれば、再会できると思ってたんだけど――」

ミッキーが歩き始める。そして遠くを険しい眼差しで見つめる。

「たどればたどるほど、どんどん薄れていくんだ」

それは、どういうことだろう。

「ともかく、行けるところまで行ってみよう」

「ああ」

振り返って先を促したミッキーに、リクも歩き始める。

闇の世界は常に、気が遠くなるような薄暗さだ。ふたりは黙ったまま進んでいく。

景色に変化はあまりなく、果てしなささえ感じる。

もしアクアがこの世界をひとりでさまよっているのだとしたら、その孤独はどれほどのものだろう。

ハートレスの姿さえ、今は見当たらない。

圧倒的な孤独だった。だけど、今のリクにはミッキーがいる。

ふいに景色が開け、波の音が聞こえ始めた。

そこは海岸だった。

薄暗い闇の海岸。

遠くに夕陽のような、月のようなぼんやりとした光が浮かんでいる。

「ここは――」

リクは思わず声をあげる。リクはかつて、ここに来たことがあった。

「途絶えた――」

「え?」

小さな声で言ったミッキーに、リクは怪訝(けげん)そうな表情になる。

「アクアは確かにここにいたはず、でも、ここで繋がりが消えている」

「ここには来たことがあるんだ、俺とソラで」

リクがミッキーに語る。

ゼムナスを倒したあと、ソラとふたりここにたどり着いた。

「そうなの?」

「俺とソラは、ここから光の世界に戻った。もしかしたらアクアも戻ったんじゃないか?」

リクは少しだけ希望を持った。あのとき、ここでふたり、大切なことを話した。

そしてあの手紙が、ここから俺たちを光の世界に戻してくれた。

だからもしかするとアクアも――

だが、ミッキーは悲しそうに首をふる。

「逆に、ここから更に闇の深淵に向かってアクアの繋がりが消えている。僕たちには、これ以上の闇に潜る術がない……」

ミッキーが彼方を見つめ、言った。

「そんな――」

リクが嘆いたそのとき、地面からまるでいくつもの植物が生えてくるようにシャドウの群れが現れる。

「しまった！」

「何っ！」

ふたりはキーブレードを構える。既にシャドウに囲まれている。

「リク油断しないで、闇の世界のハートレスはたとえシャドウでも強敵だ」

「わかった！」

ミッキーに気を引き締められたリクは、キーブレードを握りしめる。現れたシャドウたちは群れて巨大な黒い竜巻のようになり、リクたちに襲いかかる。

リクは跳び、群れの中に自ら入り込みキーブレードをふるう。そこにミッキーが魔法を放ち、群れが隊列を崩す。

「まだ来る！　気をつけて！」

「しまった！」

いったん地面へと着地したリクの背後に、波のようにシャドウが流れ込む。リクの姿が闇に飲み込まれていく。

「リク！」

そこは暗い水の中――真っ暗な闇。息もできない。
このまま闇に――そんなわけにはいかない。

また会えるとは思わなかった。


そこに聞こえてきた声。

「誰だ――」

リクは水の中、目を開く。姿は見えない。

この声――この声は、俺の声か？　でもどうして自分の声が聞こえる？

　　　どうしてこんな世界に来た？

「助けないといけない人がいる」

リクは答える。ほんの少し、その声の気配が揺らいだ気がした。

　　　力を貸そうか。

「誰なんだ」

リクは問いかける。

　　　俺は――……

だがその答えを聞く前に、意識が遠のいていく。

おまえは――そうか、おまえか。

「リク――リク、リク……！」

ミッキーの呼びかけに、リクはゆっくりと目を開く。心配そうな顔をして、ミッキーが覗き込んでいる。リクは体を起こす。

「大丈夫かい？」

「ハートレスの群れは？」

「半分くらいは倒したけど、リクを吐き出した後、またどこかに消えてしまったよ」

ミッキーは言った。

「そうか、ありがとう――」

お礼を言いながらリクは、こめかみを押さえる。ほんの少し頭痛がする。

あの声――あれは……。

そうだ、俺は会ったことがある、あの忘却の城で。

「不意を突かれたとはいえ、油断しすぎた」

ミッキーが自分を戒めているのを見て、思考が中断し現実に戻される。

「ミッキーは大丈夫だった？」

リクはミッキーを案じる。

「うん、新たな衣のおかげでね。でも、リクの方こそ……」

ミッキーが、リクの手にしているキーブレードを見つめた。

ずっと使ってきたキーブレード――ウェイトゥザドーンの切っ先が折れている。

「闇の世界に来てから強敵ばかりだったし、僕たちはいままでキーブレードの強化をまったくしてこなかった。いったん、イェン・シッド様のところに戻って、立て直してこよう」

リクは、折れたウェイトゥザドーンを見つめる。

「……アクアは、さっきのような敵と、ひとりで戦っているのかもしれない」

「リク……」

リクはゆっくりと波打ち際に歩いて行く。

「俺が最初にこの世界に来た時のように、不安や孤独と戦いつづけてると思うんだ。アクア、もう少しだけ待っててくれるかな……」

海の向こうを見つめながら、リクは言った。その隣にミッキーが歩み寄ってくる。

「アクアは、ソラに似てるよ」

「ええっ⁉」

ミッキーからこぼれた意外な言葉に、リクは大声をあげる。

あの脳天気(のうてんき)なソラと、かつて自分を助けてくれたアクアが似ている……？

「いやいや、心の強さがね」

慌(あわ)てたように、ミッキーが言った。

「そうか。まぁ、ソラに似てるなら少しは安心かな。あいつなら、どんな深い闇に飲まれても負けない」

リクはまた、海の彼方を見つめる。

「また、すぐに戻ってこよう」

「ああ」

力強くリクは頷き、折れたウェイトゥザドーンを砂浜へと突き立てる。

「このキーブレードはもう使えない。だからここに残していくよ。もうひとりの俺のために」

「え？」

ミッキーが不思議そうな顔をして、リクを見上げる。

そう、もうひとりの俺のために――この世界をひとりさまよっている君のために。

リクとミッキーは海に背を向けると、光の世界に戻るため、歩み始める。


そして三度――不思議な塔。ソラたちはヘラクレスの元から戻ってきていた。

「そうか、力は取り戻せなかったか」

イエン・シッドが、深刻そうな口調で言った。だが、ソラは笑顔のままだ。

「でもいいんです！　大事なことがわかったので」

大事なこと――大切な人を守りたいという気持ち。

ドナルドとグーフィーも、ソラの隣で笑顔だ。

「しかし、目覚めの力は必要になる」

「えっ……う〜ん……」

イエン・シッドの言葉に、ソラが考え込む。そのソラを励ますようにグーフィーが言った。

「一度身につけた力なら、何かの拍子に思い出すかも！」

「何かの拍子って――――！」

「そうそう。ソラは単純だからね！」

楽観的なグーフィーにあきれるソラを、ドナルドがからかう。それをソラが、にらみつける。

「確かに難しく考えすぎていたのかもしれんな」

にらみ合うふたりの前で、イエン・シッドが静かに言った。

「イエン・シッド様まで！」

「必要に迫られれば活路を見出す。それがソラの強さ」

「ほめられてるのか何なのか……」

イエン・シッドの評価に、ソラはがっくりとうなだれる。その隣でドナルドとグーフィーは笑いっぱなしだ。

そのとき、部屋の扉がノックされる。

「ただいま戻りました」

扉から入ってきたのはリクとミッキーだ。

「やあ、みんなもいたんだね！」

「いたんだねって、先に行っちゃうから～」

そんなやりとりから、お互いに再会を喜び合うソラたち3人と、王様、リク。ソラたちが、自分たちの冒険をひとしきり話し終わった時、王様が重い口を開いた。

「でも、僕たちも――よい報告はできないんだ」

その言葉にドナルドとグーフィーが、顔を見合わせたあと、尋ねる。

「ふたりはアクアを捜しにいったんですよね？　イェン・シッド様から聞きました」

「見つからなかった？」

リクとミッキーも、暗い表情で顔を見合わせる。そしてミッキーが悲しそうな顔で頷いた。

「マスター・アクアは、前に俺とソラで辿り着いた闇の海岸で、繋がりが途絶えてたんだ」

リクが闇の世界での出来事を話し始めた。状況は思ったより深刻なようだ。

「闇の世界よりもはるか闇の底、闇の深淵に向かって――」

ミッキーが補足し、それにドナルドがしょんぼりと尋ねる。

「助けられない？」

「いや、前にソラが闇の深淵に飲み込まれた時、俺がソラを迎えにいった。だから、同じ様にマスター・アクアに近い、強い繋がりを持つ者が、闇の深淵に潜りさえすれば――」

助けられるはず、と続けようとしたリクの隣で、ミッキーは首を振る。

「アクアと強い繋がりを持つふたり――一緒に修行していたヴェンはアクアにしか見つけら

れない場所にいる。テラもアクアが最後に見て以来、姿を見せていない」

ヴェンとテラが見つからない限り、アクアは光の世界に帰ってこない。

だが、そのふたりを見つける方法がない。

「アクアが消えたキーブレード使いを見つける鍵———」

リクが考え込むと、イェン・シッドが口を開く。

「そして、アクアたち3人のキーブレード使いを育てたマスター・エラクゥスもゼアノートに討たれた———」

イェン・シッドは、いつもはまっすぐな視線をほんのちょっとだけ伏せる。

そのとき口を開いたのは、ソラだった。

「俺が助けるよ」

そうはっきりと口にしたソラを、みんなが見つめる。

胸の奥がぎゅっと締め付けられるみたいな気持ちが急にわいてきて、そう言わずにはいられなかった。

アクアは、俺が助ける。

「ちょっとちょっと！」

「ソラはまだ、目覚めの力を取り戻してないんだから」

ドナルドはほんのちょっと怒ったように、そしてグーフィーは心配するように言う。

「あ、ごめん、なんか突然そういう感情がわいて」

自分でもどうしてそんな気持ちになったのかわからず、ソラは頭をかく。

「でも、なんだか説得力があったよ」

「ああ、頼りにしてるからな」

ミッキーとリクが笑顔になった。

「うん」

それにソラも笑顔で頷く。ソラをめぐる、みんなのやりとりを見守っていたイェン・シッドが言った。

「ソラは目覚めの力を取り戻すことを優先するとして、王とリクは、かつてアクアが訪れた世界をたどれば、アクアとの繋がりの手掛かりが得られるかもしれん」

「わかりました。僕たちはアクアの足跡(そくせき)をたどって手掛かりを探してみますが、その前に――」

ミッキーがイェン・シッドの元に進み出る。それにリクも続いた。

「実は闇の世界の敵は強力で、僕のキーブレードは傷み、リクのキーブレードは折れてしまいました。新たなキーブレードを手に入れなければなりません」

「なるほど――では、カイリたちが修行中の、魔法使いマーリンの元に寄ってみなさい」

「はい」

リクとミッキーが、頭を下げる。

「ついでにこれを渡してきてくれぬかな」

イエン・シッドが手をかざすと、テーブルの上にカバンがふたつ。赤いカバンと黒いカバンは、リクたちが旅立つ前に渡されたものと、大きさと色が違う。

「ふたりに渡したのと同じく、カイリとリアの分の闇を払う新たな衣だ」

「わかりました」

リクとミッキーが、それぞれカバンを手に取る。

「え――――！　ずるいー！　イエン・シッド様ー、俺の分はー？」

そこに口を挟んだのはソラだ。早速ドナルドがつっこむ。

「ソラ！　イエン・シッド様におねだりなんて、失礼だぞ」

だがイエン・シッドは笑顔だった。

「よいよい、もちろんソラの分も用意してあるぞ。妖精たちからの贈り物だ」

ソラが笑顔になる。イエン・シッドが手をかざすと、もうひとつカバンが机の上に現れた。

「さっすがイエン・シッド様！　ありがとう！」

ドナルドとグーフィーの新しい服はないらしく、ドナルドはがっかりだ。

「ソラの衣は前回と同じく、特殊な能力が秘められているらしく、用意するのに時間がかかったようだ。あと、チップとデールからの贈り物も入れてある」

「へ～、わかりました」

大きなバッグをいそいそと肩から背に持って、ソラは答える。

「皆これで準備は整ったかな」

イェン・シッドがそう言ったとき、机の上に小さな人影が飛び乗った。

「待った、待った！　私をお忘れなく！」

「ジミニー！」

ソラたちが叫ぶ。

今までの旅でいつも一緒だったこおろぎの紳士、ジミニーだ。シルクハットにパラソルは、いつもどおり。

「またソラたちに私がお供させていただきますよ。旅の記録はこのジミニー・クリケットにおまかせあれ」

ジミニーがソラたちに、深々とおじぎした。

「さて、新たな旅立ちに際して、ソラにはこれも渡しておこう」

イェン・シッドがまたも手をかざすと、ソラの手のひらに紫色の石がはめ込まれた、アクセサリーのようなものが現れた。真ん中にはスピリット——眠りの世界に住む、悪夢を食べてくれるいきもの——の模様が刻まれている。

「これは？」

「絆のお守りだ。多くの心と繋がることができるソラならば、その絆が大いなる力となって助けとなるであろう」

ソラは絆のお守りを握りしめ、頷く。

「では行ってきます！」

ミッキーの号令で、ソラたちは整列して頭を下げる。

そして——ソラとドナルド、グーフィーはそっと耳をすます。

グーフィーが言ったとおり、確かにイェン・シッドはなにかを呟いている。

鍵が導く心のままに

「ね？」

そっと顔を見合わせて、ソラたちは笑い合った。


こうして3人はグミシップの中にいた。ソラの服装はイェン・シッドにもらった黒と赤を基調とした襟元にチェックが入っているものになっている。

「で？　どこに向かうの？」

ドナルドがソラに聞いた。しかしソラは頭の上で腕を組んで、考え込んだままだ。

「それ考えてないでしょ？」

「考えてるよー、何も浮かばないんだよー」

「気のせいかな？　このパターン前にもあったよね？」

ヘラクレスの元に行ったときと同じやりとりになったため、グーフィーはあきれ気味だ。

そのとき、どこからか初めて聴くメロディが流れてくる。

「何？」

全員がキョロキョロと音の出所（でどころ）を探したとき、ジミニーがソラの肩に乗って、ポケットを指さした。

「ソラから音がしてますよ」

そう教えられてソラは、ポケットの中に手を突っ込む。中にはモニターのついた手のひらサイズの四角い機械が入っていた。機械の下の方にはミッキーのマークがついたボタンがついている。

「音、止められないの？」

「そう言われてもなぁ……これかな」

ソラはモニターに表示されている、通話ボタンをタッチした。

「わー、繋がった！」

するとモニターに、おなじみのシマリスのコンビの1匹――デールの姿が出てきた。

「え？　デール？」

「チップー、繋がったよー！　ねえチップー！」

デールが呼ぶと、モニターにチップが飛び込んでくる。

「もう、早く出てよ！」

ふたりのいる場所は、ディズニーキャッスルの書斎（しょさい）みたいだ。

「ソラに大事なことを伝えようと思って、これからも大事なことを伝えることになると思って……」

「このモバイルポータルをとりあえずソラに渡してほしいって、イエン・シッド様のところに送っておいたんだ」

「写真も撮れるよー」

デールそしてチップと、交互に勢いよく説明し続ける。この機械はモバイルポータルというらしい。

「おお！　やっと完成したんですね。これを持っていれば、遠くにいても会話ができるし、我がジミニーメモもパワーアップしますよ」

ジミニーもうれしそうに言った。

「へ～！　そんなに便利な物なんだ？」

ソラはしげしげと、モバイルポータルを見つめる。

「――それで、大事なことって？」

「前の、眠りの世界の旅で、リクが賢者アンセムから託されたソラの心と記憶に関するデータがあったんだけど」

「アンセムコード！」

チップが答えている途中で、デールが叫んだ。

アンセムコード――マスター承認試験でソラの悪夢に打ち勝ったリクが、賢者アンセムから託された研究データのことだ。

「うん。僕たちがアンセムコードと呼んでるデータの解析を進めていたんだ」

チップが答えたそのとき、モニターが切り替わり、銀色の髪をした青い瞳の青年が映し出された。白衣のようなものに紫色のチーフタイをしている。顔の片方は長い前髪のせいでよく見えない。

「データは暗号化されていて、まだ一部しか解析されていない」

「誰？」

会ったことがあるような、ないような――

「あー、本体の方とは初めましてだったかな？　僕はイェンツォ、エレウスも一緒だよ」

その背後に体格のいい男性が、一瞬だけ映り込んだ。

「エレウス、ロクサスの本体だからって気にすることないだろ」

背後に向かって、イェンツォと名乗った青年が笑う。

「ともかく、君たちが僕たちのノーバディを倒したおかげで、人間として復活したんだ。最初はノーバディになることを望んだんだけど、僕たちも結局ゼムナス、いや、ゼアノートに騙されていたのさ」

イェンツォは、やわらかい口調で言った。

「えっ？　ってことは……」

首を傾げたソラに、グーフィーが叫ぶ。

「XIII機関だ！」

イェンツォがノーバディとしてXIII機関にいた頃の名はゼクシオン。忘却の城でいったん消滅し、そののち人間として復活した人物だ。かつては賢者アンセムに育てられた少年だった。

「違うよ、僕たちはもうゼムナスやゼアノートの支配下にない。人間だった頃と同じ、純粋に心を解明しようとする学徒にすぎないよ」

「信じられない！」

落ち着いた口調で、ソラたちの疑念をほぐそうとするイェンツォ。それでもドナルドは、不信感いっぱいだ。

「でも、アクセルは僕たちを助けてくれたよ？」

アクセルは今や、ソラたちの味方だった。そのグーフィーの言葉に、ドナルドも考え込んでしまう。

「僕たちも君たちのように、この世界に連れ戻したい人がいるんだ。それにはお互い協力した方がいい」

アクセルのことを考えれば、確かに信用してみてもよさそうだ。

他のXIII機関のメンバーたちはどうなったのだろう?

「早速だけどソラ君。君に関する興味深いデータが、アンセムコードから解析されたんだ」

イェンツォは続ける。

「俺に関すること?」

「うん。我が師、賢者アンセムは君の記憶を復元する過程で、君の心を調べていたらしい。そして発見した。どうやら君の心には、君とは別の心があるらしい」

しかし、ソラはこの事実に驚かなかった。ほかのみんなは、とても驚いたようだったけれど。

「あれ?　ソラ驚かないんだね」

「うん」

グーフィーに頷くと、ソラはそっと自分の胸に手を置いた。

「俺、何となく感じてたんだ。俺の心に眠る心、それはたぶんロクサスの心だ。そしてカイリの中にはナミネがいるはず」

「なるほど、自分の心は自分が一番理解しているか――」

イェンツォが納得したように言い、さらに続ける。

「実を言うと、僕たちにはまだそこまで結論を出せていなかったんだけど――しかし興味深いね、本体とノーバディが同時に存在しているばかりか、心が同居しているなんて。賢者アンセムも、ソラ君のその特異性に目をつけたのかもしれないね。僕たちはその仮説に基づいて、検証を進めてみるよ。それじゃあ、また」

イェンツォの映っていた画面が、再びチップとデールに切り替わる。

「じゃあ、また何かあったら連絡するからね～！　通信は、僕たちと、レイディアントガーデンと、王様たちにも繋がってるからね！」

デールがそう言うと、モバイルポータルの画面が消えた。

「俺はロクサスを助けたい」

モバイルポータルを見つめていたソラが、自分に言い聞かせるように呟いた。それから顔をあげ、まっすぐ前を見つめる。

「だから王様やリクのように、まずはロクサスの心をたどるよ！」

ドナルドたちは、ソラに大きく頷く。

「ソラの心のままに進むのがいいって、イェン・シッド様も言ってたしね！」

グーフィーが、笑顔で賛同する。

「で、どこへ？」

ドナルドの問いかけに、ソラはその手にキーブレードを出現させる。

「決まってるだろ？」

そして異空(いくう)の海(うみ)に向かって、キーブレードを掲げた。


モバイルポータルとの通信が終わり、イエンツォはひとつ息をつく。

ソラの相変わらずな様子に、イエンツォの口元がほころぶ。

ここはレイディアントガーデンの研究室だ。一緒にここで目覚めたのはリア、エレウス、エヴェン、ディランの4人と自分だった。XIII機関時代の名は、アクセル、レクセウス、ヴィクセン、ザルディンだ。

心を奪われた者が再生するとき、失った瞬間にいた場所に再生する。しかし、同じようにここで心を奪われたのに、いなかった者がひとりいた。アイザ――サイクスだ。

リアは真っ先にこの場から立ち去り、その後意識を取り戻すのが遅かったエヴェンもいつの間にか姿を消した。

それぞれにどんな目的があるのかは、わからない。イエンツォはただ、師である賢者アンセムの意志を継ぎたいとそう思っていた。エレウスもディランも、残った者たちは学徒ではない。

そういう意味では、エヴェンは尊敬すべき研究者だった。

自分にとっては、賢者アンセムとエヴェンのふたりが父親のようなものでもある。

イエンツォはひとつため息をつき、部屋を出た。

Intermission 7days

この世界のどこか――深い森の奥。小高い丘の上。

夕陽が沈んでいく。

キーブレード使いになるため、リア――アクセルとカイリはここに連れてこられた。

アクセルがほんの少しだけ先で、カイリは少しあとだった。

再会したとき、カイリは少し怯(おび)えていた。でもふたりだけでいるのは初めてじゃない。

あのとき、カイリをさらったのはアクセルだった。さらった――連れてきた、言葉なんてどうでもいいけれど。

そしてひどい目にあわせた。

少なくともアクセルは、そう思っている。

「今日はここに来て何日目だっけ？」

アクセルは、カイリに問いかける。目を細めて夕陽を見つめる。

修行はまだ始まったばかりだった。

「どうして毎日そんなことばかり聞くの」

「いや、ごめん」

「あやまってばかりだね、リアは」

「――なんか、思い出さなきゃならないことのような気がするんだ」

「この世界に時間はないんだって、マーリン様は言ってた。でも、ここの時間で何日目なのかはちゃんと覚えておかないといけないことかも。だから今は7日目。アクセルの方が先に来てたから――……」

「いやカイリが来てからの日数でいいんだ」

「……？」

「多分」

アクセルはそう言うと、頭の隅にかかる靄を振り払うように目を閉じる。その隣でカイリもまた夕陽を見つめている。

今日は、何日目だったっけ。おまえが来てから。

ああ、シーソルトアイスが食べたいな。

第4章

TWILIGHT TOWN

遠くから鐘の音が聞こえてくる。この街のシンボル、駅の上にある鐘だった。大きな時計塔の両横についたふたつの鐘は、この街の人々に正確に時間を知らせていた。この街の名前はトワイライトタウン――誰そ彼の街。

かつてソラが目覚め、ロクサスが眠った街――そして黒いコートの3人がシーソルトアイスを食べていた街。

ソラたちは、駅から広場へと向かう坂を下っていく。

「結局、イエン・シッド様に話さなかったけど、よかったのかな？」

グーフィーが腕を組む。

「報告は大事なのに！」

「う〜ん……」

ドナルドに言われて、ソラも腕を組んだ。

ふたりが言っているのは、オリンポスで出会ったマレフィセントやシグバールのことだ。

「今は王様やリクたちに、余計な心配させたくなくてさ。それに、もし何かあってもあのふたりの悪だくみなら俺たちでなんとかできるだろ？」

「まあねぇ……」

夕陽が照らす街を歩きながら言ったソラに、ドナルドも頷く。だがグーフィーは心配そうだ。

「でも気になることも言ってたよね？」

「黒い箱？」

ドナルドが訊き返す。マレフィセントとピートは、〝黒い箱〟というものを探しまわっていた。

「ピートが言ってたやつだろ？　どうせたいしたことじゃないって」

「そうかなぁ……？」

どこまでも心配そうなグーフィーだったが、坂を下りきったところで、ソラたちの前を路面電車が通り過ぎていく。

「お！　なんか懐かしい！」

ソラは思わず路面電車を追いかける。それにあきれるドナルド。

「前に来てから、そんなに経ってないよ」

「そうだっけ？」

なんだかすごく昔のような気がして、ソラは首を傾げる。もうずっとずっと昔のような――

でもつい最近のような――

すると、グーフィーが言った。

「ソラの中のロクサスの感覚なのかもね？」

そうか、これは心の中にいるロクサスの気持ちなのかもしれない。

「俺、眠りの世界でロクサスに会ったんだ」

ソラは答える。


だからおまえじゃないとダメなんだよ。


ロクサスはそう言った。

「あれはきっと、俺の心の中にいるロクサスだと思う」

心の中にいるロクサスから感じたのは、たくさんの想い――そして悲しみ。

「そういえばデータの世界でも」

「うん、データのソラに、心の痛みを受け止める覚悟があるか確かめにきたんだよ」

ドナルドとグーフィーも思い出す。

「心の痛み――」

ソラは自分の手のひらをゆっくりと開き、見つめる。

「わかるような気がする。リクやカイリがいなくなった時、キーブレードが使えなくなってドナルド、グーフィーと離ればなれになった時、大切な友達と離ればなれになった時の辛さとか悲しさ――絆があるからこそ心が痛かったんだと思う。心の痛みが絆なんだ」

ソラはドナルドとグーフィーを見つめる。するとふたりは顔を見合わせる。

「データのソラと同じこと言ってる」

「どんなソラでもソラはソラだしね」

ドナルドとグーフィーが笑顔になった。

「やっぱり心の繋がりをたどって間違いはなかったよ。俺はロクサスを助けたい」

ソラはそう決意を新たにする。

でも――


我らが主を求めるか？


不思議な声が聴こえた。ソラが思わず声をあげて振り返ったそのとき、目の前に出現したのは、

「ノーバディだ！」

ソラはキーブレードを構える。白くてくねくねと動く敵だ。ソラはキーブレードを振るい、倒していく。

さっき聴こえたあの声――声？　声なんだろうか？　ただ心に、そう話しかけられたよう

に感じた。

「ソラ！　よそ見しないで！」

ドナルドが、魔法を放ちながら叱咤（しった）する。

「ごめん！」

「気をつけてね～ソラ！」

グーフィーが盾でノーバディを撥（は）ね飛（と）ばす。ソラは頷き、最後の1体に走り寄るとキーブレードを振り下ろした。

それにしても――

「うーん、さっきの声、何だったんだ？」

戦いが終わってからも、ソラは首を傾げる。

「さっきの声って？」

「何も聞こえなかったよ、空耳（そらみみ）じゃない？」

ドナルドとグーフィーが顔を見合わせる。

「そうかなぁ……」

ソラは考え込む。すると、今度は本物の声。どこかから聞こえてくる。

「何だよコイツら！」

「アイスはあとでいいでしょ！」

「ちょっと待ってよー！」

聞き覚えのある3人の声に、ソラは顔をあげる。

「ほら、聞こえた！」

思わずそう言ったソラに、ドナルドとグーフィーは心配そうだ。

「って違うか！」

すぐにソラも声の主が違うことに気づいて、振り返る。ソラたちのいる方向へ走ってくるのは、ハートレスの群れに追われるハイネとピンツ、オレットだった。

「おおおおお！　ソラ！　悪い、挨拶はあとな」

ハイネが叫びながら、ソラたちの前を走り抜けていく。ハートレスたちの行く手を塞ぐようにソラは立ちはだかり、叫び返した。

「ああ！　早く逃げて！」

ドナルドとグーフィーも武器を構える。ノーバディにハートレス、両方現れるなんて。シャドウが群れをなして一体化し、濁流のようにソラたちに襲いかかる。

ソラはそれをキーブレードで受け止める。勢いに倒されそうになったところで、ハートレスたちが向きを変えて急旋回する。そこにドナルドが魔法を放つ。動きが止まったところにソラとグーフィーが駆け込み、蹴散らす。それを何度か繰り返し、なんとか退治することができた。

「助かったよ、ありがとうソラ」

ハイネたちが戻ってきた。ソラは懐かしそうに、3人に声をかける。

「ハイネ、ピンツ、オレット、久しぶり！」

「うん？　久しぶりってほどでもないだろ」

ハイネが肩をすくめると、ドナルドがソラを見上げる。

「ほらー」

そうかな、やっぱりすごく懐かしいし、すごく昔のことのような気がする、とソラは思った。

「ドナルドとグーフィーも元気そうね」

オレットが笑顔で言った。

「こんにちは」

「こんにちはオレット」

ドナルドとグーフィーが挨拶を返す。そこにピンツがワクワクした顔で言う。

「君たちがいるってことはまた事件かな？」

「なに言ってんだピンツ、あんな黒いウジャウジャ今まで見たことなかっただろ！　かつてない！　これが事件でないはずない！」

ハイネも興奮気味に言う。

「うーん、確かにね。白いグニャグニャは見たことあったけど、あんなのは初めて見た。これは調査のしがいがあるぞー」

ピンツはもう、興味津々といったところ。

黒いウジャウジャはハートレス、白いグニャグニャはノーバディのことみたいだ。

「もう、夏休みの自由研究は終わったでしょ？」

ハイネとピンツにあきれたように言ったオレットが、今度はソラたちを見つめる。

「事件はともかく、ソラたちは何か用があって来たのよね？」

問いかけられ、ソラは答える。

「ああ、実はロクサスを捜しにきたんだ」

「ロクサス……？」

オレットがその名前を繰り返し、ハイネが考え込む。

「変だな、初めて聞く名前なのに、なぜか知ってるような気がする」

「どこかで会ってたのかもしれないね」

腑に落ちない様子のハイネに、ピンツが言った。

「うーん、会ってたというか……」

ドナルドがどう伝えようか迷っていると、グーフィーがポケットを探り始める。そして写真を取り出しながら言った。

「別の君たちと友だちだったかもしれないね」

グーフィーが見せたのは、幽霊屋敷の前でハイネたちとロクサスが写っている写真だった。

「この写真って……」

それを見たオレットが呟き、ピンツが答える。

「うん。僕たちも持ってるよ」

ピンツが出したのは同じ写真だけど——ロクサスが写っていないものだった。

「そうか！　もう一つのトワイライトタウンか」

ハイネが気づいたようだった。

かつてハイネたちには、幽霊屋敷のコンピューターを使って、ソラがミッキーと一緒にもうひとつのトワイライトタウンに行く手伝いをしてもらったことがある。

データの中に作られた、ロクサスが眠るための街。

「こっち側になくてあっち側にあるもの。あっち側で僕たちとロクサスは、友だちだったんだ」

ピンツもその真実に思い当たった。

「ソラ、俺たちもロクサスを捜すのを手伝うよ」

ハイネの提案に、ピンツとオレットが頷いた。

「こっちの世界でも友だちになりたいからな」

ハイネは写真を見つめて、そう笑顔で言う。

「ああ、もちろん！」

ソラはうれしくなる。

「じゃあさっそく街で情報収集だね。他にも僕たちみたいに、ロクサスと関わりがあった人がいないか聞き込みしよう」

ピンツがハイネとオレットを誘った。

「ソラたちはその写真の場所、幽霊屋敷に行くんだよね。街でのことは私たちにまかせて」

オレットにそう言われて、ソラは笑顔で返す。

「ありがとう」

「そうだ！」

ソラは何かを思いついて、ポケットの中を探る。

「確か、これ写真も撮れるって言ってたよな。せっかくだからみんなで撮らないか？」

ソラはポケットの中から、モバイルポータルを取り出した。


結局グーフィーに撮ってもらった写真は、ソラ、ハイネ、ピンツ、オレットの真ん中で怒っているドナルド、というちょっと変なものになってしまった。それでもこれだって大切な思い出だ、とソラは思う。

「よし、じゃあ俺たちは街の人の聞き込みだ。ソラたちは先に幽霊屋敷に向かっててくれ。あとで追いつく」

「わかった！」

ハイネに答えて、ソラたちは幽霊屋敷へと向かう。

幽霊屋敷は街の外れから地下道を抜けた先にある。地下道のあちこちにいるハートレスを倒しながら、ソラたちは進んでいく。

地下道を抜けると、そこは町外れ(まちはず)の森(もり)だ。

「前とちょっと雰囲気(ふんいき)変わった？」

「そうかなあ？」

確かこの街で目覚めて、懐かしい気持ちでいっぱいになりながら旅立った。そのあともう一度戻ってきて、ハイネたちの力を借りながら、もうひとつのトワイライトタウンに行こうとしたんだった。

この街は、ロクサスの気配でいっぱいだ。

懐かしい――でもそれは、もうひとつのトワイライトタウンにロクサスがいたから、というだけじゃない気がする。この街にもロクサスがいたんだと思う。多分だけど。

「あれぇ？」

グーフィーが足を止める。足元には果物(くだもの)がいっぱい落ちていた。グーフィーが地面に落ちている果物を拾い上げる。

DOGSTREE

「何だろう?」

ソラも不思議に思って、果物を拾い上げていく。

「わ!」

「ハートレスだ!」

グーフィーが盾を構える。だが、ハートレスは木に戻ると、ソラたちではないなにかを追いかけている。

「あいつら何してんだ?」

よく見ると、ハートレスたちが1匹の小さな灰色のネズミを取り囲んでいる。

「大変だ!」

「助けよう!」

「おう!」

ソラたちはそれぞれに武器を構えると、ハートレスたちを追いかける。木の上を縦横無尽に動き回るハートレスは、かなり厄介だ。なんとかそれを倒すと、木の上にいたネズミがソラたちの元に走り降りてきた。

ネズミがソラたちに頭を下げる。

「じゃ、気を付けてな」

ソラたちがそう言って歩き始めたとき、

「あれ？」

ソラの体が勝手に動く。

「何やってるの？」

ドナルドが不思議そうに見ている。

「あれ、さっきの子が頭に乗ってるよ」

グーフィーが、ソラの上で髪を引っ張っているネズミに気付いた。

「ええー……」

ネズミがもう一度ソラの髪の毛を引っ張ると、体が勝手に果物を拾い上げた。

「きっと果物を集めてほしいんじゃないかな？」

グーフィーがそう言うと、頭の上でネズミが頷く。

「もう、わかったから、自由に動かせてよ」

ソラが懇願（こんがん）すると、ネズミが頭から駆け下りた。

これはオレンジ、りんご――それから――全部いい匂（にお）いのする果物ばかりだ。

ソラたちは果物を拾って集めると、ネズミはうれしそうにソラたちに頭を下げる。

「こんなにたくさんの果物どうするんだ？」

ソラの問いかけにネズミはなにやら手を動かすが、さっぱりわからない。ドナルドとグーフィーも顔を見合わせる。

わけのわからない様子の3人に、ネズミはがっかりだ。

「ま、いっか！　今度こそ気をつけてな」

ソラはネズミにそう言い残すと、歩き始める。今度こそ目指すは幽霊屋敷だ。

「ばいばーい」

「またねー」

ソラたちを見送ってネズミは、果物の山を振り返る。


一方、ソラたちは幽霊屋敷の前にようやくたどり着く。門に鍵はかかっていない。

ソラは幽霊屋敷を見上げる。カーテンが揺れた気がする。

あのカーテンの向こうにいたのは――――いたのは、誰だっけ。

思い出せない。

「あらためて見ると、ちょっと不気味な感じだよな」

ソラの感想に、グーフィーが頷いた。

「幽霊屋敷って呼ばれてるみたいだしね」

そのとき、ソラの肩を叩く手が――――

「お待たせ！」

「うわぁ！」

「グワァ！」

「ウワァオウ！」

ソラたち３人が、それぞれに悲鳴をあげる。

手の主は――ハイネだった。

「おどかすなってー！」

ソラが抗議(こうぎ)すると、

「何だよ、ビビってたのか？」

ハイネが笑いながら、からかうように言う。

「ビビってないよ！」

そんなハイネに、ドナルドが必死で否定する。

それにやさしく謝ってくれたオレットがきっかけで、ようやく落ち着きを取り戻したソラたちは、ハイネたちに首尾(しゅび)を尋ねる。だが、どうやらロクサスのことを知ってる人はいなかったようだ。

――残る手掛かりは幽霊屋敷だけ。

そう思った３人も、ここに来たようだ。

「行ってみましょう」

「もうひとつのトワイライトタウンへ」

オレットとピンツがみんなの背中を押し、ソラも幽霊屋敷を見上げ、頷いた。

屋敷の中は、相変わらず埃っぽかった。階段を昇って右側の部屋から地下に降りることができたはずだ。そこにコンピュータールームがある。

「あったあった」

ピンツがコンピューターに駆け寄り、その前に座る。

コンピューターのモニターは、相変わらずソラにはわからないことを表示していて、とにかくまだちゃんと動いていることだけは理解できた。

前に来たときもピンツが、コンピューターの操作をしてくれた。

「パスワードは——確かシーソルトアイスだったよね」

ひとりでそう言いながら、ピンツがコンピューターにパスワードを打ち込んだ。

「よし、ログインした。それで転送装置はっと……」

だが、モニターに表示された文字が赤くなり、エラー音が発生してしまう。ピンツが何回か操作するが、突破できない。

「ダメだ……。転送装置がプロテクトされてる」

「それってどういうこと？」

ソラは、ピンツの手元を覗き込む。

「残念だけど、もうひとつのトワイライトタウンへは行けないってことだよ」

「何でだよ！　前は動いてて、ソラを送り出しただろ？」

ハイネがピンツに詰め寄る。

「他に方法はないのよね？」

残念そうにオレットが言う。

ここでロクサスへの道筋は途切れてしまったということだろうか。

ソラはがっかりと、よくわからない文字が映し出されているモニターを見上げる。

そのとき、ポケットから呼び出し音がした。モバイルポータルからだ。

モバイルポータルの通話ボタンを押すと、映し出されたのはイェンツォだった。

「やあ、ソラ君、今コンピューターの前にいるんじゃないかな？」

「えっ？　そうだけど、どうしてわかったんだ？」

ソラはモバイルポータルに向かって訊き返す。

「アンセムコード解析のために、賢者アンセムが使っていたコンピューターを調べていてね、そちらのコンピューターをモニターしていたところにログインがあったから、もしかしてって思ったんだ」

「あ、ああ、そういうこと」

イェンツォが言っていることに、とりあえず頷いてしまうソラ。

「全然わかってないでしょー？」

突っ込んでくるドナルドに、顔を近づけてソラは反論する。

「ドナルドだってわかってないだろ！」

「僕もちんぷんかんぷんだよー、アッヒョ！」

隣でグーフィーが、のんびりと続ける。

「えっと――いったい誰がログインしたんだい？」

ソラたちの進展のない言い合いを聞いていたイェンツォが、笑いながら問いかける。

「あ、僕です。ピンツって言います」

ソラはピンツに、モバイルポータルを向ける。

「僕がコンピューターを操作しています」

「よかった、とりあえず不正ログインではないってことだね」

ようやく状況を把握(はあく)できたイェンツォが、安心したように言った。ソラたちにはできない作業だったからだ。

「はい、でも、ちょっと困ってるんです。プログラムのひとつにプロテクトがかかってて実行できないんです」

「どんなプログラムだい？」

「もうひとつのトワイライトタウンへ行く装置だ！　ロクサスの唯一の手掛かりなんだ、何とかならないか！」

ピンツとイェンツォの会話に、ハイネが割って入る。

「もうひとつのトワイライトタウン――転送装置？　おそらく、そこはコンピューターで作られたデータの世界だね」

「データの世界！　それは……！」

ソラの肩に慌ててジミニーが顔を出して、訊いた。

「うん、前と同じ。ジミニーメモを解析して作った世界だね」

グーフィーが頷きながら言った。

データの世界での旅をソラ自身は知らない。だがデータの中にも自分がいて、ドナルドたちと旅をしたことは聞いて知っている。

「こっちでも調べてみよう。ピンツ君、こっちのコンピューターとネットワークを構築しよう。アドレスは……」

モバイルポータルの中からイェンツォが呼びかけ、ピンツがコンピューターを操作し始める。

なにやらいろいろと操作しているのを、ぼんやりとソラは見つめる。

「共有化した、これでＯＫだ」

退屈になり始めようとしていたソラは、その声に目覚める。

「それでどうなったんだ？」

「こちらとそちらのコンピューターとでネットワークを構築したから、こちらからそちらのコンピューターを調べたり操作したり――」

「ロクサスのデータも？」

ソラは一番気になっていることを、イェンツォに問いかける。

「以前構築した仮想世界が完全なものなら、賢者アンセムは完全なロクサスのデータを取り込んでいたはずだよ。それならコンピューター内に、ロクサスのデータログが必ず残って――」

そこまで話して、イェンツォは肩をすくめた。

「とにかくアンセムコードの解析がはかどるし、データのトワイライトタウンのことも調べられるってことだよ」

「そっか、よかった！　わからないなりにわかったから、まかせるよ！」

ソラの勢いに、イェンツォが笑い混じりに言った。

「要はわからないんだね……いいよ、引き受けるよ。チップ君とデール君も、色々協力してくれてるしね。じゃあ、また何かわかったら連絡するよ」

イェンツォが会話を締めくくった。

「ああ」

モバイルポータルを切ろうとしたところで、イェンツォが思い出したことを付け足す。

「ひとつ心配なことがあるんだ。元XIII機関で、僕たちと同じ賢者アンセムの弟子だったエヴェン、君たちにはヴィクセン、って言ったほうがわかりやすいかな？」

ヴィクセン――その名前に記憶がない。会ったことのない元XIII機関のメンバーだろうか？

「彼も僕たちと同じように人間に戻って、意識不明の状態がつづいていたんだけど、リアがこの地を去った後、姿を消したんだ。エレウスとディランのふたり――君たちが知ってる、レクセウスとザルディンが捜してはいるんだけど、見つからなくてね、嫌な胸騒ぎがしてるんだ」

「もしかして闇の勢力に？」

ソラも嫌な予感がして、訊き返す。

「その可能性は十分あると思う。彼の研究は厄介だ、用心した方がいいよ」

「わかった、ありがとう」

ソラはお礼を言うと、モバイルポータルの通信を切った。

「やっべ、結構経ったよな、バイトの時間だ！」

その時、慌てたようにハイネが言い、立ち去ろうとする。

「ハイネ、こんな時までバイト？」

ピンツがあきれながら尋ねると、

「それとこれとは別だ。先立つものがなければ海にも行けない。そして、何より大事な焼きソバ！　4人分買わないとな」

4人、という言葉に、ピンツが首を傾げてから気がつく。

「あー、そういうこと」

4人目はきっと、ロクサスの分だ。

「素直じゃないよね」

納得したピンツに、オレットが笑う。

「じゃ、僕はコンピューターを調べてるから、僕の分もしっかり稼いできてね」

「ピンツは焼きソバ抜きな！」

「えぇー！」

ピンツとハイネの会話に、ソラたちは笑い出す。

「じゃあ、俺たちもまかせていい？」

「うん、大丈夫！」

ピンツの力強い返事に、ソラたちもまた部屋から出て行く。

「コンピューターってすごいんだな」

「僕たちにはわからないことばっかりだったねえ」

ソラの呟きに、グーフィーが同意した。

「ピンツにまかせておけば安心！」

「そうだな」

今度はドナルドに答えて、ソラたちは幽霊屋敷から外に出る扉を開く。

外の光が眩しい――

ずっと前にここから出たときは、どんな気持ちだったっけ。

ソラたちは門に向かって歩いて行く。

「ロクサスを復活させる気か？」

すると、その背にかけられた声。

立っていたのは――

「アンセム！」

門柱に背を預けてこちらを見ているのは、アンセムだった。そしてその傍らに闇の回廊が出現し、歩み出てきたのは――

「ゼムナス！」

「存在しない者を、どうやってこの世界に呼び戻すというのだ」

「ロクサスは存在している、今も俺の心の中に」

ゼムナスの悪意のこもった謎かけに、ソラは答える。

そうだ、ロクサスは消えたりなんかしていない。俺の心の中にいる。

「仮にロクサスの心を復活できたとして、心を納める器はどうするというのだ」

ゼムナスはさらに問う。

「ロクサスはもうひとつのトワイライトタウンで存在していた。きっと復活させられる方法があるはずだ」

「自分で言っていることに気付いているのか？　それはただのデータにすぎない」

ソラとゼムナスの間に、アンセムが割って入る。

「心は何にだって宿る！　それがデータであっても。俺が必ず証明してみせるさ」

ソラはそう言い切り、ふたりをにらみつけた。その隣でグーフィーが首を傾げる。

「アンセムもゼムナスも元々ひとりだったんでしょ？　何で今一緒に存在していられるのかな？　それができるなら、ソラとロクサスも一緒にいられるってことだよね？」

「そっかー！」

ソラは思わずガッツポーズをとる。

「すごいぞグーフィー騎士隊長！」

ドナルドも感心を隠さない。そしてソラとドナルドは、もう一度ゼムナスたちをにらむ。

「そこまで言うのならまかせよう」

「ロクサスの復活は我らにとっても望ましいこと」

アンセムとゼムナスが、交互に言う。

「もうロクサスはおまえたちの言いなりにならないさ」

たとえどんな思惑がこいつらにあったとしても、ロクサスは思い通りにならない、とソラは思う。なぜなら彼にも友だちがいるからだ。彼もまた、誰かとつながっている。

「忘れたか、ノーバディは闇に心を奪われた抜け殻――ロクサスを復活させるということは、再び自らに闇の力を用いること。ソラ、おまえは結局、闇の力を使うのか」

それでもゼムナスは、ソラを指さし問いかける。

「それは――！」

なにも言い返せずソラは、唇を噛みしめた。

闇に心を奪われなければ、ロクサスは復活できないのだろうか？

でも――きっと、なにか方法があるはずだ。

「まあいいだろう、闇に心をゆだねるがいい」

アンセムがそう言い放つと、ソラの周りにハートレスが姿を現した。そしてゼムナスが軽く腕を振るうと、ノーバディも出現する。

「さあ心を解き放て」

ゼムナスとアンセム、ふたりが声を揃えて言い放ち、その姿を闇の回廊へと溶けこませていく。

「待てよ！」

「ソラー！」

追おうとしたソラに、ドナルドとグーフィーが呼びかけてきた。ふたりがハートレスとノーバディに囲まれている。ソラは足を止め、キーブレードを構える。

「闇の力じゃない！　それは！」

そしてソラは敵の群れへと走り込む。キーブレードを振るいながら考える。

闇の力――そんなものがなくたって、戦うことはできる。ロクサスを復活させることだって、きっとできるはずだ。ナミネも同じ。魂の入れ物なんて関係ない。

大事なのは――

ソラは肩で息をする。ハートレスたちはもういない。キーブレードを収める。

「そうだ、それは助けたい一心」

ソラは呟く。

ヘラクレスが言っていた。誰かを助けたい気持ち。

「俺は心の繋がりをたどって、ロクサスを助けてみせる」

ソラは、ドナルドとグーフィーを振り返る。

「手伝ってくれるよな、ドナルド、グーフィー」

「もちろん！」

ドナルドとグーフィーが、声を揃えて笑顔になる。

「アンセムとゼムナスの目的はわからないけど、ハイネたちに注意するように言っとこう」

この幽霊屋敷がある街に、なにが起こるかわからないから。

3人は街に戻るため、歩き始める。


トラム広場に戻ったソラたちを、懐かしい声が出迎える。

「おーい、おまえたちじゃな、うちのシェフを助けてくれたのは」

「グワッ！　スクルージおじさん！」

ドナルドが、声の主に気付いて叫んだ。シルクハットにステッキを持ったドナルドの伯父、スクルージがそこに立っていた。

「あれ？　前はホロウバスティオンでアイス売ってなかった？」

「そうだね。スクルージさんは世界中で商売をしてるんだよ」

不思議そうな顔で言ったソラに、グーフィーが答える。

「こんにちはスクルージさん」

ソラはスクルージに駆け寄ると挨拶をする。スクルージは白い箱を持っていた。

「おおソラか、相変わらず元気がいいの。今もドナルドとグーフィーと旅しているそうじゃな。どうだドナルドはがんばってるか？」

「かんべんしてよー、おじさん」

ドナルドが困っている。さらにドナルドのことを心配そうに言い募ろうとするスクルージを、グーフィーが遮る。

「スクルージさん、さっきシェフって言ってましたよね？」

「おお、そうだそうだ。うちのシェフがおまえたちにお礼をしたいと言ってな、これを預かっていたんだ」

スクルージが、持っている白い箱を差し出した。ソラは箱を開く。

「わあケーキだ！」

箱の中身はフルーツがいっぱいのケーキだ、とソラは思った。

「このケーキもらっていいんですかー？」

うれしそうに言ったソラの前で、スクルージがシルクハットの方を、上目遣いに気にする。

「わかっておる、それはケーキ、ではなく、タルトゥ・オ・フリュイだとシェフが言っておる」

スクルージがシルクハットを脱ぐと、その上にさっきの小さなネズミがちょこんと座っていた。

「ただのシェフじゃないぞ、紹介しよう、リトルシェフだ」

ネズミが、左手に持った帽子の頭にひょい、と飛び移った。

「おじさん、今度はレストランで商売するの？」

「うむ。旅先のたまたま入ったレストランで、人生で最高のごちそうを口にしてな、その料理

Le Grand Bistrot

を作ったのが、リトルシェフだったんだ」

ドナルドの質問に、そう説明を加えたスクルージ。紹介されたネズミ——レミーはソラたちに向かって胸を張る。

「話を聞くと、リトルシェフはもっと料理の腕を磨きたいという。それならばと、私がプロデュースしてここに店を出すことにしたんじゃよ」

こんな小さなネズミが、料理をするなんて。

それにこのフルーツタルト、食べると元気が出そうだった。

「おーい！　ソラーー！」

「ハイネ、オレット！」

そこにハイネとオレットが駆け込んでくる。

「あっ、オーナー、ポスター貼り、終わりました」

ハイネがスクルージに敬意を含んだ声で報告する。どうやら彼らは、ポスター貼りのバイトをしているらしい。

オレットがポスターを見せてくれた。

「街の空き地で野外シアターイベントが開催されるの。素敵よね！」

この街にそんなものができたとは、知らなかった。そしてその野外シアターも、スクルージがビジネスとして企画しているらしい。

「人を呼ぶ催し物を開いて、集まった人がくつろげる場所を提供する、たとえばレストランとかな。それがビジネスには欠かせないシナジー効果というヤツだ」

スクルージが貪欲に、にやりと笑う。

「さすがスクルージさんだね、何だか難しいすごいことをしようとしてるのはわかったよ」

「なんとか効果ってのはわからないけど、商売上手ってことは伝わったかな」

グーフィーとソラがしきりに感心していると、それを見て可笑しくなったのか、みんなが笑う。

しばらくしてから、ソラが真顔に戻った。

「そうだ、みんなに言っとかないと」

「なんだ？」

神妙な顔つきになって、ハイネが訊き返す。

「またウジャウジャやグニャグニャが現れるかもしれないけど、無茶しないで気を付けて」

「ああ、でも、そんなのどうせソラがやっつけちゃうだろ？」

ハイネが笑う。その隣でオレットが心配そうな顔をする。

「またどこかに行っちゃうの？」

「うん」

ソラは頷いた。

どこかへ行くけど――――でもまた戻ってくるから。

「それでひとつ、お願いがあるんだ」

「何だよ？　面倒はかんべんな」

ハイネが肩をすくめて、ソラにあらかじめ釘を刺す。

「前に俺も消えたことがあって、その時にドナルドやグーフィー、カイリが戻ってくることを強く願ってくれた。だから、ハイネたちもロクサスが戻ってくることを願っててほしいんだ」

「な〜んだ、そんなことか、だったらお安い御用、いつも願ってる、今だってな」

ハイネが笑い、オレットも一緒にうなずく。

「うん！　ピンツも同じだよ！」

「ありがとう！」

ソラは穏やかに笑った。

そうだ、戻ってくることを強く願うこと――――ひとりだけじゃない、みんなの強い気持ちがきっと必要なんだ。自分が消えた時もおんなじだった。

そうすればきっと、ロクサスは戻ってこれる。

きっと。

その時――ソラたちを冷ややかに見つめる人影があった。

レストランを見下ろせる、建物の屋根の上に立つのは、アンセムとゼムナス。そして、その背後から闇の回廊をくぐって現れたのは、シグバール。

「ヒントを与えすぎたんじゃないのか？」

シグバールが言った。

「我らの使命は誘導だ」

ゼムナスが答える。

「見ろ、あの楽観ぶり。彼らにはあれくらい言ってやらないとわかるまい」

今度はアンセムが、ソラたちを見下ろしながら言った。

「確かに。しかし、これまで何度もソラに計画を阻まれたのも事実」

シグバールは、それでも憂慮する。

念には念を入れなければ――

「思いどおりに動かなければ消してしまえばいい」

アンセムは口元を笑みに歪ませた。

「そうなると代わりの器を探さないとな」

〝代わりの器〟それは遠大にして、深遠な計画の中の、ひとかけら。残酷に笑いながら、シグバールは、簡単なことのように言う。

「計画は常に並行して動かすものだ」

ゼムナスも当然のことのように、シグバールに返す。

3人は、笑顔のソラたちを見下ろし続けた。

Intermission Letter

何も挨拶しなかったけど、イェン・シッド様に聞いたかな？
私もキーブレード使いになるために修行に来てます。
今まで君たちが旅から戻るのを待ってるだけだったけど、
少しでも役に立てればと思ってがんばってます。
魔法使いマーリン様は時間を超える魔法が使えるみたいで、
ここでは時間を気にする必要がないそうです。
すごいよね。
一緒にリアも修行してるんだけど、何度も何度も私に謝ってて、
もういいよって言ってるのにずっと謝ってばかりです。
最初はちょっと怖かったけど、修行の合間に話すようになって、
リアにも助けたい親友がいるんだって知って、
何だか憎めない人だなって思ってます。
時々、じっと私の顔を見てるから、「どうしたの？」って尋ねると、
「わからないけど思い出さないといけない気がする」と言います。

それってきっと君の旅にも関係あるのかな?
君の旅は多くの人を助ける旅でもあって、
これから出会う人たちもそうだけど、
こうして出会った人たちも、君の助けが必要なんだと思います。
旅は大変だと思うけど、これからもずっと、元気で明るいソラでいてね。
君の笑顔が多くの心を救うから。

——リア

カイリは手紙を書いていた。

ソラに向けての手紙だ。毎日修行が終わったあと、カイリはここで夕陽を見つめる。

ここは秘密の森。マーリンが修行のために用意してくれた特別な場所。アクセルが一緒のこともあったし、そうでないこともあった。

ふと背後に立つ人の気配に、カイリは振り返る。

「どうしたの?」

どこかぼんやりとした表情をしていたリアが頭をかく。

「いや、ごめん」

「また～」

リアはすぐにカイリに謝罪する。それがまるでクセみたいに。謝らなくていいと言っているのに何度も。

きっと以前リア——アクセルがカイリにしたこと、それからいろんなことをずっと謝っているのだと思う。多分——もしかすると、私じゃない誰かに向けての謝罪なのかもしれない。カイリはそう思っている。

「ああ、ごめん」

もう一度リアが言ったのに、カイリはやさしく笑う。

リアがカイリからちょっと離れた岩の上に座る。カイリはまた手紙を書き始める。そのカイリに、リアが問いかける。

「手紙か？」

「うん」

「ソラに？」

「う～ん——ソラに宛てて書いてるけど、渡さないから日記みたいなものかな？」

渡すつもりのない手紙。届かないかもしれない手紙は、以前にも書いた。この世界のどこかにいるあなたへ。

「マーリン様に頼めば、渡してくれるだろ」

「うん、でもいいんだ。ソラに話し掛けるように書いてると落ち着くだけだから」

「ふ～ん、そうか」

リアはそう言いながら、カイリの顔をじっと見つめている。いつもそうだ。普段のリアはこんな風に不躾に、人の顔を見るような雰囲気じゃないのに、こういうときリアはとにかくじっとカイリを見つめている。カイリはきっとそれがリアに必要なことなのだと、もうなんとなく知っている。リアが大事なことを思い出すために。

「あ」

リアが声をあげた。そしてどこからか青いアイスを2本、取り出す。

シーソルトアイスだ。

「これ」

リアがカイリに1本、それを渡す。

「ええ？　どうしたの？」

「マーリン様に頼んで買ってきてもらったんだ。今日はほら、ふたりともキーブレード出せたから、お祝いってやつ？」

「ありがとう、リア」

「いや」

リアがシーソルトアイスを食べるカイリを、また見つめている。今度はなんだかちょっと、うれしそうだ。

「なぁに？」

カイリはリアに首を傾げる。リアがちょっと困った顔をして、目をそらす。

「いや、別に、その――」

「思い出さないといけないこと、ってやつ？」

「いや、あっ、うん、ああ」

困ったようにリアは、視線を夕陽に向ける。リアはなにかを思い出したんだろうか。大切ななにかを。

「明日はさ、ふたりで組手ってやつ？　やるんでしょ？」

シーソルトアイスをキーブレードのように振るいながら、カイリは訊く。リアは夕陽を見つめたまま。なにを考えているのかもわからない。それからどこか物憂げに答える。

「ああ」

「手加減はなしだよ、リア」

カイリは告げる。戦うのはリア――アクセルの方が強いに決まってるから。

リアがカイリを振り返る。リアの動きが止まる。リアの目が見開かれる。リアの手からシーソルトアイスが落ちる。

それから、リアの瞳から涙があふれ出す。

「え？　え？　大丈夫？　リア」

慌ててカイリはリアに駆け寄る。こんな風に年上の男の人が泣くところ、初めて見た。こんな風に涙をこぼすなんて。

「あ、ああ、ごめん」

「リア？」

リアが目をこすりながら、立ち上がる。ちょっとだけ、はにかむように笑う。

「陽が目に入っただけだ」

「リア……」

リアは、肩をすくめると言った。

「俺、先戻るわ、ごめんな」

「リア、もう謝らないで」

カイリに背を向けて歩き始めたリアが、足を止めた。そしてカイリを振り返る。

「わかった、じゃ俺からも」

「え？」

リアはさっきとは違う笑いを浮かべると、自分のこめかみを指さした。

「リアじゃなくてアクセルでいい。――記憶したか？」

「うん、わかった、アクセル」

カイリは笑顔で答える。リアじゃなくて、アクセル。

カイリの足元(あしもと)には四つ葉のクローバー。そしてその上に、シーソルトアイスが落ちている。

Intermission RADIANT GARDEN

レイディアントガーデン。そこにはリクとミッキーの姿があった。ディランの案内でふたりが訪れたのは、その広場だ。ここでテラ＝ゼアノートは発見されたという。

「アクアがテラを助けて闇に堕ちた世界も、レイディアントガーデンですよね？」

リクはその広場を見つめながら、ミッキーに問いかける。

「うん、アクアの話だとそう言ってた」

「テラは正気ではなかったと？」

「姿はテラだったけど、内に闇の存在を感じたようだね」

ミッキーの話を聞いて、リクは考え込んでしまう。

「時を同じくしてゼアノートはここで発見された。アクア、テラ、ゼアノート、この3人は同じタイミングにここにいて、残ったのはゼアノートだけ……」

すると、ミッキーは自分の考えを整理するように話し始めた。

「ゼアノートはその後、賢者アンセムの心の研究を乗っ取り、自らをアンセムと名乗って、他の弟子たち、そして自らの心と体を分けた」

それは一番初めの旅での出来事だ。最後に倒したのはアンセムと呼ばれる男だった。しかし賢者アンセムを名乗ったのは、その弟子のゼアノートだった。確かにあのとき、一度ソラがアンセムを名乗るゼアノートを倒したはずだ。しかし、それには続きがある。

「心だけになったゼアノートは過去へと飛び、若き日の自分を誘導し、その後リクの体を乗っ取った」

つまり倒されるよりも前、初めての旅の直前、リクが出会った茶色いローブを着た謎の男だ。デスティニーアイランドの秘密の場所にいた。

「そして抜け殻となった肉体はXIII機関を結成。自分の心を分けられる13の器を用意しようとした。しかし計画は失敗。誘導された若きゼアノートは、先々の時代で自分の心と関わった者を集結させ、新たな自らの器、真XIII機関を結成――」

13の器を集めようとしたが、失敗したのは2回目の旅。あのときは最後にゼムナスを倒した。ゼムナスは抜け殻となった肉体――ゼアノートのノーバディだ。

「ゼアノートの足取りだけ明確で、アクアが助けたはずのテラだけ、その後の足取りがないのはおかしいな」

リクは考え込む。ここでテラが消えている……?

「やっぱり僕は、とんでもない見落としをしていた」

リクと同じように、辻褄が合わないことに悩んでいたミッキーが何かに気付いた。

「承認試験の最後の場所で、マスター・ゼアノートの復活を見たよね？　僕やアクアが知っている『ゼアノート』は元々、あの老人の姿だったんだ」

それは覚えている。髪のない不気味な老人だった。

「でも、ゼアノートのハートレスであるアンセムとノーバディのゼムナスは、どちらも老人ではなかった。つまりふたりが分離した時は若い姿をしていたはず。それがあの肖像画に描かれた姿。僕は賢者アンセムの弟子だと気にしていなかったけど、彼が発見されたゼアノートってことだよね？」

リクもミッキーの言いたいことに気付く。

「……そうか！　俺と同じように、マスター・ゼアノートはテラを器にした」

「そう、マスター・ゼアノートもひとりは器にと言っていた。アクアがここで助けたのは、テラの体を奪ったマスター・ゼアノートだったんだ」

真実にたどり着いたミッキーが、勢いよく語る。だとしたら、なにもかも説明がつく。しかし疑問はまだある。

「でも、マスター・ゼアノートは老人の姿で蘇った。テラの身体はどこに消えたんだ？」

「マスター・ゼアノートはこうも言ってたよね？　『光の7人の内、ふたりはこちら側』」

それは、あの夢の中でマスター・ゼアノートが言っていた言葉だ。そのとき、ふたりのうちのひとりはソラだった。だとしたら――その結論にミッキーは、驚きを隠せない。

「ソラは取り戻したけど、テラは向こう側にいるんだよ」

「真のXIII機関か――」

今もなおマスター・ゼアノートは、13の器を探しているのか。あるいはもう見つけてしまったのか。

ふたりは見えてきた敵の目論見に、険しい表情で頷きあった。

第5章

TOY BOX

テレビの中で、ひとりの青年が戦っている。場所はどこか大都会。銀色の髪をして、瞳の色が左右で違う。それから、仲間がふたり。ハットを被った赤い髪の青年と、メガネの青年だ。3人が向かう先は、ひとりの美しい女性。その女性がロボットに捕られる。光があたりを包み、青年の手が伸びる。でも女性の手に届いたのか届いていないのか――

そこで画面に大きく表示されたのは、このゲームのタイトルだ。

『VERUM REX』

でもテレビの画面は消えてしまう。テレビのリモコンを踏んだ人物がいるせいだ。カウボーイハットをかぶった人形――に見える。彼の名はウッディ。

「観てたのにー」

それに恐竜の人形――レックスが文句を言った。

「あ、ごめん。でも、それどころじゃないんだって」

ウッディは箱を抱えてそう言うと、小さくため息をついた。そのウッディの前で話し始めたのはレックスと豚の貯金箱――ハムだ。

「やっぱり、ギガースかっこいいよな」

「そっち？　ヨゾラの方でしょ！」

どうやら、さっきのテレビＣＭの中に出てきたロボットはギガース、そしてあの青年は、ヨゾラと言うらしい。

そのとき、ウッディがハムとレックスをかばうように伏せた。

「何だよ急に！」

ハムが文句を言うが、ウッディの大きな目は部屋の中央あたりに立ち上った黒い靄を睨んでいる。そこに現れたのはハートレスだ。

「現れたか？」

ウッディの背後から声をかけたのは、スペースレンジャーの格好をしている人形――――バズだ。

「今日こそ、あの黒いモヤモヤをやっつけるぞ。みんな準備はいいな？」

ウッディが言う。バズが頷く。だがレックスはハムと顔を見合わせた後、慌てて言った。

「待って待って、気持ちの整理が必要だよー」

「落ち着けよ、俺にまかせろって」

ウッディはそう言うと、今度は棚の上に視線をやった。そこには緑の小さな兵隊の人形たち――――グリーン・アーミーメンが待機している。それから机の上の地球儀の横には三つ目の緑色をした宇宙人――――エイリアンも顔を覗かせていた。

「作戦開始だ」

バズが言うと、ウッディが頷く。しかしそのとき――

「待て！」

「何だよバズ？」

「あいつら誰だ？」

バズとウッディが、ベッドの下を見つめる。そこからウッディたちの見覚えがない人形が歩いてくる。

「暗いなー、どこだよここ？」

ソラたちだ。ソラはキョロキョロとあたりを見回し、それから自分の手を見て声をあげる。

「俺たち小っちゃくなってるー？　それにこの格好！」

ソラの体も髪も服も、それに大きさも、全部人形のような外見になっている。ドナルドとグーフィーも一緒だ。

「いちいち驚かないの！　秩序を守る魔法だよ」

ドナルドがそう説明した。そういえば、前にもその世界にあわせて姿が変わった。

「ねえ、あっちは驚いてもいいのかなぁ？」

その横でグーフィーが、のんびりとハートレスを指さした。

「ハートレス！」

ソラはキーブレードを出現させ、走り出す。この世界のハートレスたちも、おもちゃみたいな姿をしている。

ソラたちはハートレスを倒すと、一息つく。そこに真っ先に声をかけたのは――ハムだ。

「新入りか？」

ここにいるおもちゃたちにとって、新入りがやってくることは大問題らしい。なんといっても持ち主であるアンディの寵愛が、新入りだけに注がれる可能性があるからだ。だがそれとは別に、レックスはちょっと興奮した様子でソラたちに駆け寄る。

「ねぇ僕、君のこと見たことあるよ。何だっけ、えっとー、えっとー……」

レックスの高揚した状態に、ハムもなにか気が付いたようだ。

そして叫ぶ。

「ヨゾラだ！」

「え？　ソラだけど……」

いきなり、よく似ているけど違う名前を言われ、ソラはちょっと困った顔をする。

そんなソラの前で、バズは距離を取って腕のレーザーガンを向ける。

「気をつけろ、黒いモヤモヤの仲間かもしれない……」

「大丈夫だよ！　彼らは今一番人気のヒーローなんだ！」

レックスが、ソラを抱きしめながら甲高い声を出す。

「きっと、アンディが新しく買ってもらったのさ」

　ハムもうれしそうだ。

「そうだよ！　さっきのモヤモヤを倒したの見たでしょ？　彼らならきっといなくなった仲間たちのことや、バズのレーザーが出るようになったことも、このおかしくなった世界のことを全部解決してくれるよ！」

　興奮気味にまくしたてるレックスの前で、ウッディとバズは考え込んでいる。どうやらこの世界に異変が起きているらしい。

　ウッディが、ソラに問いかける。

「君たち新しいおもちゃなのか？」

「おもちゃ？」

　ソラたちは首を傾げる。確かに今の姿はおもちゃ――人形のように見える。さらにウッディは言う。

「さっきのモヤモヤのことを知っているのか？」

「あれはハートレスだよ」

　黒いモヤモヤ――消し去るべき、闇に属する敵のことをグーフィーは答える。

「俺たちはあの黒い奴らと戦ってるんだ」

「やっぱり！」

ソラは3人を代表してそう言い、レックスはとてもうれしそうだ。

「わかった、とりあえず今のところは信じよう。俺はウッディ、よろしくな」

「ああ」

ウッディがソラに手を差し出す。その手をソラも握りしめる。

「俺はソラ――」

「ヨゾラ！」

名乗ったソラにレックスが割り込んだ。

「俺はソラ、だけどね」

「僕ドナルド」

「グーフィーだよ」

それぞれが名乗ったところで、おもちゃたちも名乗り始める。

「僕はレックス！　君たちの大ファンなんだ！　いつも君たちのゲームで遊んでるんだよ！　今はレベル47まで育てたんだけど、なかなかバハムートが倒せなくてさぁ、あーそんなことじゃないんだ、言いたいことは。残念だなぁ、スリンキーたちもいれば、きっと大喜びだったのに」

とにかくレックスが嬉しそうに喋りまくる。すると、棚の上から降りてきたグリーン・アーミーメンたちがソラに敬礼する。

「全隊整列しました」

さらにスケートボードに乗ってやってきたのは、緑のエイリアンだ。

「ヨソモノー」

「ソトノセカイカラー」

「ヨウコソー」

それぞれ同じ姿同じ声でそう言いながらも、エイリアンたちなりに歓迎してくれているらしい。

「みんなおもちゃ？　だから俺たちもこんな格好なのか」

ソラたちも、この世界に納得したようだ。しかりひとり納得していない人物がいた。バズだ。

「それより、あのモンスターと敵対していると言っていたが、どこの所属なんだ？」

「いや、あの……俺たちは……――えーと」

「秩序！」

なんとか答えようとしたソラの口を、ドナルドが塞ぐ。

そうだった、言っちゃいけないんだった。でもどうやって説明したらいいいんだろう。

「なんだ、答えられないのか？」

バズは不信感たっぷりの目で、ソラたちを見ている。それに呼応するようにグリーン・アーミーメンもソラたちに身構える。しかしウッディがそれを制した。

「まぁまぁ、落ち着け。彼らは俺たちが手を焼いていた、あの黒いモヤモヤをやっつけてた。そんなに構えることないだろ」

レックスとハムは同調してくれているが、バズはあまり納得がいっていないみたいだ。

「なあ、その黒いモヤモヤ、ハートレスは、前からここにいたのか？」

ソラがウッディに問いかける。

「いや、最近になって現れたんだ」

「そう言えば、そのハートレスが現れたのと、みんながいなくなった時期は一致するな……」

ウッディとバズの言葉に、ソラたちは顔を見合わせる。

「前はこんなんじゃなかった――目が覚めたら、俺たち以外のおもちゃがいなくなってて、アンディのママとモリーの声も聞こえなくなってた、そしてアンディはずっと帰って来ないんだ……」

ウッディは悲しそうに言うと、足の裏に書かれているサインを見つめる。そこにはANDY(アンディ)と書かれていた。アンディはきっと、ウッディたちと深く繋(つな)がっているんだ。

「大切な人なんだな」

「うん、いつも俺たちと遊んでくれる最高の友だちさ」

ソラに、ウッディが頷く。

「よし、アンディたちを捜そう！」

「え？」

「他に何か手掛かりはないかな？　みんなが消えた時に変わったこととか」

ソラの質問に、今度はウッディたちが顔を見合わせた。

「あ、ああ。うーん、あれかなぁ――」

「アンディたちが消えた直後、あの黒いモヤモヤといっしょに、おまえたちのようなフードの付いた黒い格好をした奴が現れた。異変が起こって以降、見かけたのはそいつと、おまえたちだけだ」

ウッディとバズが、交互に説明してくれた。

黒いフード――それってもしかして……

「XIII機関！」

ドナルドとグーフィーが、声を揃えて叫んだ。

「知ってる奴なのか？」

「ああ、俺たちの敵だ」

ソラはウッディにしっかりと頷く。

ハートトレスにXIII機関。この世界の異変には、絶対に彼らがかかわっている。

「ここで起こってる異変の原因がわかるかもしれない。俺たちにまかせてくれないか」

「いや、ソラたちだけにはまかせられない。みんながいなくなった原因がわかるなら、俺たちの問題でもある。むしろ力を貸してくれ」

ソラのしてきた提案に、ウッディが力強く返す。自分たちの世界のことは、自分たちで解決する。そんな意志がみなぎっていた。

それに対して、ソラたちも頷き返す。

「ターゲットが最後に確認されたのは、ギャラクシートイズです」

緑の兵隊が、待ち構えていたように言った。

「最近できた新しいおもちゃ屋だな。ソラ、案内するよ」

「ちょっと待てウッディ、すっかり行く気になってるみたいだが、ここでアンディを待つべきじゃないのか？」

歩き出そうとしたウッディを、バズが止める。

「うん――……そうかもしれないけど、もう散々待ったんだ。だから、ソラたちといっしょに手掛かりを見つけたい。俺を信じてくれ、バズ」

ウッディは振り返ると、バズにそう言った。バズはひとつため息をついてから、肩をすくめる。

「わかった」

ふたりの間には、信頼関係がちゃんとあるみたいだった。ソラは笑顔になる。

どうやら新しいおもちゃ屋、ギャラクシートイズは窓を越えて、外に出なければ行けないらしい。

それにしても、ウッディにバズ、レックスにハムにグリーン・アーミーメン、それからエイリアンたち。だいぶ大人数だ。誰も迷子になったりしないといいけれど。

「行こう！」

ソラたちは窓から飛び出す。その屋根の上にまたハートレス。ウッディが腰の拳銃を抜き、バズが腕からレーザーを出す。ふたりは戦力としても、すごく頼りになるようだ。そして、仲間のおもちゃたちのことを、常に気にしている。

屋根から道路に降りて、ソラたちは進んでいく。道路の向こう側には、大きなショッピングモールのような建物があった。

「行こう！」

ソラたちは建物の中に入っていく。中は大きなホールのようになっていて、いろいろなおもちゃが所狭しと並んでいた。

その中でも一際目立つのがロボットのおもちゃだ。

レックスとハムが、そのロボットに駆け寄る。ロボットの名前はギガース――レックスたちが遊んでいた、〝ヨゾラ〟というキャラクターが活躍するゲームに出てくるようだ。

ソラはちょっと不思議な気持ちになって、バズに質問する。

「なあ、このおもちゃは動かないのか？」

「まだわからないんだろうな」

バズが、ギガースを見上げて言った。

〝わからない〟ってどういう意味だろう？　とソラが思ったそのとき、ホールの中央にある大きなカプセルの上から声がした。

「わからない？　――じゃあ、動かしてあげよう」

その上に闇の回廊が開いている。

闇の回廊から出てきた、黒いコートを着た男がフードを外した。銀色の長い髪に金色の瞳。

「おまえは夢の――一番過去のゼアノート！」

「憶えていてくれて光栄だ」

ソラが叫ぶと、一番過去のゼアノート――ヤング・ゼアノートが指を鳴らした。するとハートレスたちが現れ、ギガースにすばやく乗り込む。

「なんだ動けるのか？」

バズの驚きとほとんど同時に、ギガースがその巨大な腕をハムに向かって振り下ろす。間一髪でそれを、ソラたちは受け止める。

「心無き物と抜け殻が合わさり、新たな命を得たか。ハートレスとノーバディの関係を見るようだな」

ヤング・ゼアノートが、冷静な口調で分析をする。

「おまえら何がしたいんだよ！」

「我らも欠落した闇を手に入れなければならない。それには、この世界の心の繋がりが手掛かりになる。だから、模した世界を作り、繋がりを分断させてもらった。おまえたちも興味深いはずだ」

ソラが詰るように問いかけても、ヤング・ゼアノートは再び静かに闇の回廊を開くだけだ。

「待て！　どういうことだ！」

「がんばってくれ」

ソラが呼び止めるが、ヤング・ゼアノートはそう冷たく、一言だけを残して闇へと姿を消していく。

ギガースの拳を受け止めているソラたちには、追うことができない。そのままギガースの力に押し切られ、ソラたちは弾きとばされる。

「危ない！」

ソラをウッディが、そしてドナルドとグーフィーを翼を開いたバズが、なんとか受け止めた。

「ウッディ、どうなってるんだ？　このおもちゃは味方なのか、敵なのか！」

バズが叫ぶ。だがギガースがその体から、破壊力抜群のキャノン砲を放つ。

「そんなの決まってるだろ！」

ウッディがソラたちをかばいながら、叫び返す。同時になんとか、陳列してある他のおもちゃの陰に隠れる。このままじゃ、あの大きなロボットには勝てそうもない。

「そうだ！　ソラも！」

ドナルドが笑顔でソラを見上げる。

「うん。ハートレスだってできたんだから、ソラにできないわけないよ」

グーフィーも同意する。ソラはなんのことだかわからず、首を傾げる。

「何が？」

「あれあれ！」

ドナルドが指さした。

そこにはハートレスが乗っていないギガースが、その威容であたりを見下ろしている。

「そうか！　やってみる！」

ソラはふたりが言っていることに気付くと、ギガースの足元に走り込み、ジャンプしてその頭部の操縦席に乗り込んだ。

ロボットの操作なんて初めてだけど、なんだか楽しいかもしれない。グミシップなら操縦したことがあるし。

適当なボタンをソラは押す。

「グワワ！」

キャノン砲が放たれて、それをドナルドが慌てて避ける。

「ごめんごめん！」

思い直して、ソラは襲いかかろうとしている敵のギガースに、照準をあわせた。これならきっと勝てる。

ドナルドとグーフィー、そしてウッディとバズも地上で応戦してくれている。

ソラはギガースを巧みに操りながら、敵のギガースを蹴散らしていく。敵ギガースのコックピットからハートレスが消えれば、そのギガースは動きを止める。

激戦だったけど、全てのギガースの動きを止めて、ソラはコックピットから飛び降りた。

「……バトルモードのスイッチが入ってただけじゃないのか？」

動かなくなったギガースを見て、バズが考え込む。

「バズ？」

「――ああ、何でもない」

ちょっと心配になってソラは、バズに声をかけた。バズはそのまま続ける。

「ところでさっきの黒コート、世界を作ったみたいなことを言ってたけど、どういう意味だ？」

「たぶん、奴らは世界をふたつに分けたんだ。アンディたちのいる世界とこっちの世界。どちらかが、現実とまったく同じ別の世界なんだと思う」

「別の世界だって？　はっ、それが君の設定か。興味深いだとか、がんばってくれとか、さっきの黒コートとの会話も怪しかったぞ」

ソラの説明を、バズは不機嫌そうに鼻で笑う。

いくつもの世界があって、そのうちのひとつがふたつに分かれて並行して存在するなんて、ソラも自分が説明されたらきっと理解できなかった。バズの反応も当然のことだ。

「つきあいきれないな。ウッディ行こう」

バズはソラに背を向け、歩き始める。

「確かに、簡単には信じられない話だ。でも、ここが現実とは別の世界だということなら、バズのレーザーが使えるようになったことも説明がつく」

ウッディが冷静に、諭すように言った。

「それに、俺は前に、悪の帝国とか銀河の平和を、とか言ってたヤツを知ってるぞ」

ウッディがそう付け加えると、バズが口ごもり咳払いをする。

どうやら昔、バズはそういう〝設定〟だったみたいだ。

「とにかく、さっきの黒コートと知り合いなのは間違いない。彼らと行動をともにするのはここまでだ」

バズは意固地にそう言い張り、ソラたちは困った顔になる。

「設定とかよくわかんないけど、この世界で異変が起きてるのは現実だろ？　だったらいっしょに――」

「そうだよ。みんながいなくなったり、黒いモヤモヤが現れたり……ソラたちは俺たちを助けてくれた、それは事実だ。それに同じおもちゃ同士じゃないか、仲よくしよう」

ソラに賛同して、ウッディも説得してくれる。しかし、バズは動かなくなったギガースを指さした。

「あいつだって同じおもちゃだ」

バズが言い放つ。確かにギガースもおもちゃだった。おもちゃ同士の戦いなんて、きっと彼らは望まない。でもいったいどうしたらいいんだろう。

ソラたちが困り果てていたとき、グリーン・アーミーメンリーダーの軍曹が、慌てた様子でやってきて、言った。

「報告します。レックスが何者かに連れ去られました」

「何だって？」

ウッディが、その眉をあげて訊き返す。

「ハムとエイリアンの行方もわかりません」

さっきの戦いの最中に、どこかへと連れ去られてしまったのか、逃げ出したのか――

「大変だ！　みんなを捜さないと！」

「俺たちも手伝うよ！」

ソラはウッディにそう志願して、一緒に走り出す。だが、途中でウッディだけがバズの元に戻る。

「バズ。アンディの部屋で何もできずにいた俺たちだけで、みんなを助けられるのか？　今はひとりでも助けが必要だろ？」

ソラたちを疑い動こうとしないバズに、そう言うためだった。

「確かにソラは無茶するし、ドナルドは口が悪いけど――」

変な前置きをし始めたグーフィーに、ソラはなんとなく、意味もわからずつい頷く。

「そうそう」

それに対し、するりと結論を言うグーフィー。

「信用できるよ！」

しばらく考えてから、ドナルドがそれに気が付いた。

「グーフィーも疑われてるんだよ！」

第三者(だいさんしゃ)みたいな振る舞いをするグーフィーに、ドナルドが鋭い指摘をする。

「そうそう」

相変わらず無意味に頷くソラ。

「ええ？　そうなの？」

しばらくして、やっと気付いたグーフィーが、不思議そうに首を傾げた。

「楽しいヤツらじゃないか、な？　バズ」

「……そうだな、人手は多い方がいい」

笑ってそう言うしかないウッディに、バズは鼻白みながら、ソラたちを受け入れた。だが、まだまだ彼は慎重だ。

「しかし、さっき言ったとおり、まだ疑いが晴れたわけじゃない。まずは仲間を見つけるまでだ」

「悪いな、ソラ、ドナルド、グーフィー」

ウッディが肩をすくめる。でもとりあえずはなんとかなりそうだ。

「我々も捜索を開始します」

グリーン・アーミーメンたちがそう告げて、あちこちに散っていく。

「売り場をひとつずつ探していくしかないか」

ソラがそう言うと、姿が消えた仲間たちの捜索が始まった。

ホールの中はさまざまなおもちゃが、それぞれのコーナーにジャンルごとに分かれて陳列されている。

ウッディたちもこんな風に、子供たちの夢をかなえるために待っていたのだろうか？

「いろんなおもちゃがあるよな～」

ソラが感心しながらも、あたりに用心深く目を配る。

「今は僕たちもおもちゃだけどね」

グーフィーものんびりした口調だけど、耳をときどき立てながら歩いている。

するとそこに、グリーン・アーミーメンのひとりが走ってくる。

「みんなを発見しました！　ぬいぐるみ売り場です！」

「わかった！　急ごう！」

ソラたちはウッディに頷き、走り出す。

その途中にも、おもちゃがそのままハートレス化して動き出したような敵――もとはウッディたちと同じ、おもちゃだったのだろうか――を次々と倒していく。

「危ないぞ！」

バズがソラに襲いかかろうとしたハートレスに、レーザーを放つ。

「ありがとう、バズ！　でもいいのか？」

「バトルモードだとしても、みんなを危険な目にあわせるわけにはいかない」

バズが強い意志を表情に見せながら、自分に言い聞かせるように頷く。

なんとかして、操られているおもちゃたちを止めないと。

ソラはキーブレードをふるう。

あんまり倒したくはないけれど——


ここまでの捜索で、なんとかレックスを助け、ようやくたどり着いたぬいぐるみ売り場でも、グリーン・アーミーメンのひとりを助けたソラたち。

そして同じぬいぐるみ売り場を巡（めぐ）っていると——

「いないなあ……」

ウッディがあたりを見回して、首を傾げた。このぬいぐるみたちも操られているかもしれない——恐る恐るソラたちは進んでいく。

「グア！」

一番奥にある大きなドールハウスがガタガタ揺れ、ドナルドがソラの後ろに隠れる。

「あいつが怪しいな」

真っ先に進んでいったのはバズだった。

どうやら誰かがこの中に閉じ込められている。ソラたちは協力し合って、なんとかドールハウスの扉を押し開く。

「やれやれ、やっと出られたか」

中からゆっくりと、ハムが出てきた。

「大丈夫かハム」

「ああ、案外快適だったぜ。家具もそろってるしな」

気遣うウッディに、ハムが気楽に答える。好奇心いっぱいのドナルドが、ドールハウスの中を覗き込んだ。中には小さな家具がいくつもあって、確かに住むには快適そうだ――でも。

「グワワ！」

ドナルドが叫んだ。ドールハウスの向こう側の窓から、人形がこちらを覗き込んでいる。きれいな青い髪の毛に、黒のドレスを着た女の子の人形だった。

「あ、あいつだ！　あいつが俺を閉じ込めたんだ」

ハムがそう叫ぶと、ハートレスと化した人形――エンジェリック・アンバーの体が浮かび上がった。

「二度と閉じ込められるのはごめんだ！」

「もうやだよ～」

ハムとレックスが、おもちゃの陰に隠れようと走り去る。それを見送りながら、バズがエンジェリック・アンバーに向かってレーザー銃を構える。

「こいつも操られてるのか――」

そう呟きながらレーザーを放った。エンジェリック・アンバーの髪の毛が逆立ち、目が光る。

「こ、こわ！」

思わずそう言いながら、ソラもキーブレードを手に向かっていく。エンジェリック・アンバーは、ゆらゆら揺れながらソラたちに体当たりしてくる。

「動くな！」

バズがレーザーを放ち、動きが止まったところにドナルドが魔法を撃ちまくる。

グーフィーの盾からジャンプしたソラが、その頭上からキーブレードを振り下ろす。

やがて、エンジェリック・アンバーが動かなくなった。

「……止まった？」

ドナルドが恐る恐る近づく。その後ろからグーフィーも。

「そうみたい……アッヒョ！」

すると、一度止まったと思ったエンジェリック・アンバーがまた動き出す。

「これで終わりだ！」

バズが背中から飛行機のような翼を出して跳び、レーザーを放つ。エンジェリック・アンバーが床に落ち、横たわる。今度こそ動かなくなった人形に、バズが静かに歩み寄る。

「なあ、私たちもあんな風になるのか？　操られて、同じおもちゃに襲いかかったり――」

「バズなら、そんなことにならないって！」

ソラはそっと、バズの肩に手をおく。

「なぜ言い切れるんだ。もし私が君たちに襲いかかったら……」

「バズ、考えすぎだって！」

ウッディもバズを宥める。だがバズは首を振る。

「うん。ハートレスは、闇は心の弱さにつけ込んでくるんだ。だから心をしっかり持っていれば大丈夫だ」

ハートレスの特性さえわかってしまえば、バズなら大丈夫。ソラをバズは見つめる。それはバズを一番よく知っているウッディにも、保証できることだった。

「なら安心だ。なんたってバズは俺の相棒だ。絶対に友だちのことを裏切ったりしない」

「そうだなカウボーイ、諸君心配をかけた」

ウッディの言葉に、ようやくバズが穏やかな表情になる。

「よーし、次はエイリアンたちだ！」

「危ないからみんなはホールに戻ってるんだ」

バズがハムに、やさしく言った。レックスも同じようにホールに戻っているはずだった。

そしてソラたちは次の売り場――ベビートイ売り場へと向かうと、ＵＦＯのおもちゃにさらわれそうになっていたエイリアンたちを助けだした。

「ケド」

「ボクタチノオウチ」

「アンディノヘヤー」

エイリアンたちが口々にそう言って、出口へと向かおうとする。

「そうだ、私たちはアンディのおもちゃだ。アンディの部屋が私たちの家だ。やはりこんなところに来るべきではなかった」

それに賛同するバズ。ここまでの苦労を考えると、無理もないことかもしれない。ソラもそう思ったけれど――

「けど、ここはゼアノートが作り出した別の世界だって言ってただろ」

諭すように言ったソラに背を向け、バズが歩き始めながら言う。

「あの黒コートの言葉に確証があるのか？　もしそれが本当だとしても、あの家にアンディが帰って来ないとも限らない。その可能性がある以上、私は帰る」

それを聞いていたウッディが、ゆっくりと首を振る。バズがウッディに、同意を求めているのだろう、声をかけた。

「ウッディはどうする？」

「うーん……そうだな」

ウッディは考え込み、出口へと向かうバズの背中を見つめる。

「仲間たちも見つかったことだし帰ろう」

そしてソラを見て、笑顔で言った。最初は残念そうだったソラも、やがて笑顔になった。

「そっか、ウッディたちがいてくれると頼もしかったんだけどな」

「XIII機関は僕たちの問題だしね」

グーフィーもそれに理解を示す。

「僕がいれば大丈夫！」

ドナルドも自分をアピールしながら、ウッディたちを気遣った。

「それが問題なんだよなぁー」

すると、ソラが混ぜっ返し始める。

「どういう意味だよ！」

ドナルドもそれに乗ってしまい、ソラを怒って追いかけようとする。もう、それはウッディたちにも見慣れた光景になってしまった。

ホールに戻ったソラたちは、一緒に来たおもちゃたちが全員揃(そろ)っているか確認する。ハム、エイリアン、グリーン・アーミーメンはいる。でも――ウッディが、首を傾げる。

「レックスはどこだ？」

先にホールへと戻っていたはずのレックスが、どこにもいない。するとハムが不安そうに口を開いた。

「レックスなら、ソラたちのことをバズに信じてもらうんだって言って、テレビゲームコーナーに行ったぜ」

「まだ、そんなこと言ってたのか」

ハムの説明に、あきれたようにバズが言う。

「ハートレスもいるし、早く連れ戻さないと」

自分たちのことを――ゲームのヒーローと勘違いしているとはいえ、信用できることを、危険を冒してまで証明しようとしているレックス。心配そうなソラに、ウッディとバズが顔を見合わせる。

「ああ。ソラ、ドナルド、グーフィー、もう少し君たちの力を貸してもらえるかい？」

ウッディが、ソラに懇願（こんがん）する。

「もちろん！」

答えたソラに、ウッディがうれしそうな笑顔を見せる。

「頼もしいな」

そんなウッディから出てきたのは、さっきソラたちが言ったばかりの言葉だった。バズだって同じことを思っているはずだ。

「行こう！」

ウッディがバズを振り返る。バズも頷くと、右腕をあげて応えた。


ゲーム売り場はこの建物の三階だった。レックスはみんなの心配をよそに、何かを夢中になって捜している。

「見て見て、あったよ‼」

ゲームソフト『VERUM REX』がいくつも並んでいる棚から飛び降りて、パッケージのひとつをソラに押しつける。

「ほら」

パッケージには銀色の髪をした青年が描かれていた。売り場にも『VERUM REX』の大きなディスプレイがある。

「まぁ、こんなにかっこよくはないけど——服は似てるのかなぁ……」

ソラはパッケージの主人公を見つめる。

確かにちょっと似ているかもしれない。服もチェックのところがあるし。でもこれってどっちかっていうと——

「バズ、これで納得しただろ？　ソラたちも俺たちと同じおもちゃだ」

ウッディが看板を見上げながら言った。バズが腕を組み、頷く。その前でソラは、そっとドナルドに囁く。

「この格好ってドナルドの魔法だろ？　どういうこと？」

「だから似てないでしょ」

「ソラよりリクに似てるよね」

ソラの思っていたことを、ドナルドとグーフィーが続けた。確かにちょっとリクに似ている。髪の色とか雰囲気とか。

「かっこいいしね」

ドナルドがなおも笑いながら言う。そう言われると反論したくなる。

「おい！　似てるだろ？　黒っぽい格好とか——……」

「それだけ？」

言い合うソラとドナルドを横目で見ながら、バズがあきれたように言った。

「ともかく、これでみんなそろった。すぐにアンディの部屋に帰るぞ」

「ええー、ちょっと攻略本見ていきたいんだけど！　バハムートが倒せないんだよー！」

レックスは並んでいる雑誌に夢中だ。

「ダメだ、ここに長居はしない」

そう言うとバズは、レックスの鼻づらを撫でてから歩き始める。レックスがしょんぼりと雑誌を棚に戻す。

「そう急ぐことないだろう」

すると、聞き覚えのある声がソラたちを引き留めた。

その声の主はヤング・ゼアノート。

「まだ実験中だ、出ていかれたら困るな」

笑いを含んだ声で、ヤング・ゼアノートが言う。

「用があるのは俺たちだけだろ？　ウッディたちを巻き込むなよ」

キーブレードを構えたソラに、ヤング・ゼアノートは笑うことをやめない。

「光の守護者らしい言葉だ。ならば、最終段階に進めるとしよう」

そのとき――バズの背後に忍び寄るハートレスがいた。人形の形をしたハートレスだ。闇がバズを取り囲む。まるであやつり人形のようにバズの力が抜け、四肢が緩み、ぐったりとした恰好になる。やがて、目を見開いたかと思うと、右腕をウッディに向け、レーザー照準を彼の眉間に合わせた。

「おい相棒、冗談はよせよ」

だが、バズの腕からレーザーが放たれる。

「危ない！」

間一髪、それをグーフィーの盾が防いだ。

「ウソだろ、バズが操られたって？」

ウッディがよろよろと歩み寄ろうとするが、もう一度バズがレーザーを放つ。それをグーフィーが盾で守る。

「何てことするんだ！」

ソラはそう叫ぶと、キーブレードを手にヤング・ゼアノートに詰め寄る。

「最初に言ったはずだ。繋がりを分かつ試みだと」

振り下ろされたキーブレードを、バックステップでヤング・ゼアノートが避けていく。

「抜け殻が心を宿す世界。彼らは強い繋がりによって心を得ている。その繋がりを別々の世界に分け、不安と疑心が芽生える中、心を保ちつづけられるのか？」

ソラのキーブレードはヤング・ゼアノートに届かない。瞬間移動するように、攻撃したその場所から消え去り、別の場所に出現する。ヤング・ゼアノートは語り続ける。

「更にソラという異物を入れて揺さぶり、最後に決定的な溝を与えた時、強い繋がりがどれほど大きな闇を生み出すのか、間もなく答えが出るだろう」

ソラはキーブレードを構え、ヤング・ゼアノートをにらみつけた。

「ソラー！」

「何とかしてー！」

ドナルドとレックスが、レーザーを撃ち続けるバズの動きを必死に止めている。そしてグーフィーの盾がウッディを守り続けている。

「今行く！」

駆け出そうとしたソラの腕をヤング・ゼアノートがつかみ、そのまま持ち上げる。

「邪魔をするな」

ヤング・ゼアノートの手から赤い光球が放たれ、ソラを撥ね飛ばす。


そのままソラが飛ばされたのは、見たこともない世界。

金属のフェンスがそこかしこで空間を隔てている、工場の屋上のようなところ。その建物の周りを見渡すと、ビルが建ち並んでいるのがわかる。

「この世界ではおまえは、ゲームの中の住人だそうだな。ならば、そこからこの実験の結末を確かめるがいい。もっともそんな余裕はないと思うがな」

ヤング・ゼアノートが消えていく。

そこはゲーム『VERUM REX』の世界だった。何体ものギガースが、ソラに向かってくる。

「……ッ！」

ソラはそのうちの1体に駆け込むと、キーブレードを打ち付ける。早くここから抜け出さないと、バズとウッディが危ない。動きを止めたギガースに乗り込み、他のギガースを倒していく。

早く――早く！

ソラは必死だった。

繋がり――自分たちがみんなと繋がっているように、ウッディとバズは信頼で繋がっている。あのふたりを、この世界のおもちゃたちを、XIII機関の好きになんかさせない。

どれくらいの時間戦ったのか――何体倒したのかもわからなくなった頃。

すべてのギガースの動きを止めると同時に、ソラはゲーム空間から吐き出される。

「ソラ！」

元の場所に戻ってきたソラを、ウッディとドナルドたちが迎える。

「バズは!?」

「闇の回廊につれてかれちゃった……」

――もうその闇の回廊は閉じてしまっている。ソラの力では闇の回廊は開けない。

どうしたらいいんだろう？

そのときグリーン・アーミーメンの軍曹が言った。

「同じものかはわかりませんが、闇のモヤモヤしたものならキッズスペースで見ました」

「お手柄だ、軍曹！」

ウッディが称えた。ソラたちは危険を考え、ウッディ以外のおもちゃをホールに残し、キッズスペースへと向かう。

キッズスペースの奥――通気口の中に闇の回廊は開いていた。

「行こう！」

ソラの号令に、4人は闇の回廊へと入っていく。

真っ黒な靄のようなものが立ちこめる空間――その中央にバスが浮かんでいる。その前にヤング・ゼアノートが立ち塞がっていた。

「バズをどうするつもりだ！」

「見ろ、あの強大な闇を。おまえたちの強い心の繋がりが生み出した闇だ」

バズの背後に立ち昇る闇を、ヤング・ゼアノートは振り返る。

「心の繋がりが、俺たちの絆が――闇を生み出したって……!?」

「違う！」

迷うように立ちすくんだウッディの言葉を、ソラは遮る。

「心が繋がっていれば、どんなに離れていたって、俺に力を与えてくれるんだ」

「うん！」

ドナルドとグーフィーが、力強く頷いた。

「闇なんか生み出さない！」

ソラはキーブレードを構えながら、はっきりとヤング・ゼアノートを否定する。ウッディが靴の裏のサインを見つめる。それはアンディとウッディの、繋がりの証。

「繋がる心が力になる、か。言い得て妙。まさに心の繋がりこそが光の力――繋がりを欠いた無垢の心は闇だ」

ヤング・ゼアノートの体が、幾重にも、衣のように織りなす闇の中心で浮かび上がる。そして彼の目はその立ち上る闇を、確信を持っているかのように見上げる。

「闇こそ心の本質だ」

一瞬ひるんだソラ。すると、その肩に励ますように手をかけ、今度はウッディが、闇のまやかしに対して、落ち着き払って立ち向かう。

「何か難しいことを語ってるけど、どうでもいいからバズを元に戻しておまえは消えろ」

「おもちゃが偉そうに」

「そう、俺はおもちゃさ、それがどうした？　心のことはおまえよりもわかってる。アンディが俺たちを、心から愛してくれたからな」

ヤング・ゼアノートに向かって、一歩ずつ進んでいくウッディの足元を照らすのは光だ。

その隣にソラも立つ。

「ウッディたちは仲間と引き離されても、思い合う気持ちはより強くなっていた。何にでも心は宿り、繋がることで強くなる。今もそうだ、きっとアンディたちもみんなを待ってる」

「ああ、俺たちはアンディの部屋に帰る」

ソラとウッディの周囲から、光が広がっていく。

「愛するみんながいる場所に帰るんだ。相棒もいっしょにな」

「ゼアノート、おまえたちがその心を否定するなら、やっぱりそこには光があるんだ」

ウッディの言葉とソラの言葉、その意志が真実の光の輪になって闇を照らし始めた。ふたりの光がヤング・ゼアノートの呼び出した闇を、凌駕していく。その光はいくつもの塊となってバズに届き、ヤング・ゼアノートをひるませる。

「何だと！」

その一瞬の隙にソラとドナルド、グーフィーが走り込み、一気に打ちかかった。その攻撃をヤング・ゼアノートが自らのキーブレードで受ける。身動きができなくなったヤング・ゼアノート。

「ウッディ！　今だ！」

ソラが叫び、ウッディが跳躍する。そしてその背に取り付けられているトーキーのスイッチ用紐を、投げ縄のようにバズの後ろに浮かんでいる木片めがけて放った。紐の先端の輪が木片に引っ掛かる。それを支点にしてバズのところまで空中を滑っていくウッディ。ついにウッディがバズの体をとらえ、一緒に地面へと落下してゆく。

「ハッハー！　待たせたな、カウボーイの登場だ！」

投げ縄代わりに使ったトーキー用の紐が、ウッディの体に戻っていくと、ウッディの背中から声がする。おもちゃのウッディに仕込まれている仕掛けだ。

その声に、バズが目を覚ます。

「ウッディ――私はどうしてたんだ？」

「うん、何のことだ？　おかしなモードのスイッチでも入ってたんじゃないのか？」

「そんなはずは……」

茶化したウッディに、バズが言い返そうとして――言葉を飲み込む。そしてウッディから差し出された手を取る。

「ありがとう、ウッディ」

「おかえり、バズ」

ふたりが笑い合う。しかし、その一方で――

「もうダメ！」

「そろそろ限界かもぉ」

「みんな、がんばれー！」

一生懸命ヤング・ゼアノートを押さえつけていたドナルド、グーフィー、ソラが口々に弱音を吐き始める。そして――とうとうこらえきれずにヤング・ゼアノートに撥ね飛ばされた。

「人形にここまで強い心が宿るとはな……なかなか興味深い答えが得られた」

ヤング・ゼアノートが、ウッディたちを振り返る。その相手を見下したような言葉に、バズとウッディが、少しも気後れすることなく答えた。

「私たちはアンディとの愛で心が繋がっている、誰もそれを断つことはできない」

「まだ心を持たないおもちゃのように、おまえには理解できないだろうけどな」

そんなふたりに、ヤング・ゼアノートは笑う。

「空の器に心を生むことができるのはわかった。礼として、おまえたちに贈り物を残していこう」

ヤング・ゼアノートの体が闇に滲むように、消えていく。

「待て！」

キーブレードを振りかざし、追いかけるソラ。だが、その肉体はほぼ実体ではなくなっていた。ソラの体はヤング・ゼアノートの体をすれ違う形で通過していく。その時消えていくヤング・ゼアノートの唇からその耳元に囁かれた言葉。

心の繋がりをたどれ――

「えっ？」

思わず訊き返したソラの前で、闇が天空へと吸い込まれるように消え、舞台はウッディたちが日頃住んでいる街に切り替わったような――しかし、その中央にいるのは大きな円盤の形をしたハートレス――キングオブトイズだ。ここはまだ別の空間だ！　みんなはまた、戦闘態勢に入る。

「来る！」

吹きすさぶ風に、街の建物が舞い上がる。広がった青空の下で、ソラたちはキングオブトイズと対峙する。空を飛んでいるキングオブトイズには、地上からの攻撃が届かない。そしてすさまじく回転しながら風を巻き起こし、なにもかもを空へと舞い上げていく。

「ソラ！　こっちだ！」

ウッディの呼ぶ声に、浮かび上がったおもちゃのブロックを跳びながら伝って、ソラは上空へと向かう。

「地上からの援護はまかせろ」

バズがそう言いながら、キングオブトイズの動きを止めるためにレーザーを撃ち続ける。風に飛ばされないように、バズの体をドナルドとグーフィーが支える。ソラはブロックの上から飛び降りて、その円盤の上――敵本体に降り立った。

もう逃げられない。

その中心部にソラは、キーブレードを振り下ろす。大きな衝撃とともにキングオブトイズの動きが止まり、光となって消えていく。


戦いが終わり、ソラたちはギャラクシートイズのホールに戻っていた。

「ゼアノートに逃げられちゃったね」

「あいつら逃げてばっかり」

グーフィーとドナルドがあきれたように言う横で、ソラはちょっとだけうなだれる。それからウッディたちに、申し訳なさそうに言った。

「ごめん、みんなを元の世界に帰せなくて……」

ソラは頭を下げる。ドナルドとグーフィーは、びっくりしてソラを見守っている。

「たしかに残念だったな」

「ホント、ホント」

「ああ、まったくだ」

「右に同じであります」

「ザンネンー」

バズ、レックス、ハム、グリーン・アーミーメン軍曹、エイリアンたちが口々に言う。でもその声の調子は、なんだか明るい。バズが頭を下げたままのソラに、歩み寄る。

「このまま元の世界に戻ってたら、絶対後悔してたからな」

「えっ？」

ソラが顔をあげると、みんな笑顔だった。

「せっかく友だちになったばかりなのに、もうお別れなんてさみしいだろ」

ウッディがソラの肩に腕をあずけて、カウボーイハットを指で持ち上げながら言った。

「ずっと意地になっていて悪かった。許してほしい」

バズがまっすぐに、ソラに手を差し出した。ソラは首をふり、その手を取る。

「大切な仲間を心配してのことだから仕方ないよ」

「ウッディは逆に無茶するからさ、バズがその分しっかりしてくれてるんだよ」

ソラの意見に加勢して、ハムがちょっと楽しそうにバズをかばう。

「無茶するところはソラみたいだね」

グーフィーの言葉に、ソラとウッディは顔を見合わせる。

「その分、僕がしっかりしてるんだ」

ドナルドが、すかさず会話に入り込む。

「バズみたい……かな？」

レックスがそう言って首を傾げ、みんなに笑顔が広がる。

「たぶん、俺たちが元の世界に戻ったら、ソラたちとは会えなくなるんだろ？」

そう言って歩き始めたウッディが、ソラはかえって心配になってしまう。

「でもアンディのことはいいのか？　大切な友だちなんだろ」

彼らはアンディに愛され、それによって心が生まれたんだと思う。だから一刻も早く、アンディのいる元の世界に戻りたいはずだ。

「アンディとは心が繋がっている――」

「その繋がりを信じていれば、すぐに会えるさ」

それでも、ウッディとバズが確信をもって言い切った。

それにソラは頷く。

そっか、みんなどこかで誰かと繋がっているのはおんなじだ。

「ソラたちはあの黒コートを追いかけるんだろ？」

ウッディたちにまで干渉しようとしていたⅩⅢ機関。彼らの計画は、絶対阻止しなければならない。ウッディたちのような仲間が住んでいる世界にも、迷惑がかかってしまう。

「私たちがついていくことはできないが安心してくれ」

それでも、バズはソラたちに優しい言葉をかける。やがてウッディが立ち止まって、振り返る。そして、ソラの胸を人差し指で示す。

「みんな、ソラたちと心が繋がっている」

するとバズ、レックス、ハム、グリーン・アーミーメン、エイリアン、みんなが立ち止まり、振り返る。そして、ソラ、ドナルド、グーフィーをもう一度、名残惜しそうに見つめた。ウッディが、彼ら全員の気持ちを代表するように言った。

「俺たちはいつも、君たちといっしょにいる」

「ありがとう」

ソラはみんなに笑顔で答える。

「さあ旅立て、無限の彼方へ」

バズが天を見上げる。そこはおもちゃ屋さんのホールだったけれど、どこかに、そしてどこまでも繋がっている、無限の宇宙みたいだった。


そしてここは、異空の海――――グミシップの中。ソラはなにやら考え込んでいる。

そのソラの背中にドナルドが声をかける。

「ソラ、目覚めの力は戻りそう?」

「それまた聞く?」

ソラはうんざりとした様子で、答える。

「旅の目的でもあるからねえ」

心配は当たり前、という表情でグーフィーも口を出す。それに対してソラはため息をつくと、自分の思っていたことを話し始めた。

「ロクサスのこと考えてたんだ――ロクサスの心は俺の中にある。でも、心を宿す体がないんだよなぁ……」

おもちゃでも心が宿ることは、わかった。

でも、心だけの存在の場合、どうしたらいいんだろう?

「戻し方は、レイディアントガーデンで調べてるよね。だったら、体のことも考えてるかも」

グーフィーが言うと、ソラのフードからジミニーが飛び出した。

「モバイルポータルで誰かと通信してみるかい?」

ジミニーの提案で、ソラはポケットからモバイルポータルを取り出す。

「う〜ん、イェンツォだっけ? よし、連絡してみる」

ジミニーに操作を教えてもらいながら、ソラはモバイルポータルを覗き込むが、モニターに映ったのはイェンツォではなく――

「あ! ソラかい?」

王様――ミッキーだ。王様の声をきくやいなや、ドナルドとグーフィーがソラを押しのけてモバイルポータルを覗き込む。

「王様～！」

「ちょっと！　あれ？　なんで王様が？」

するとカメラが移動し、王様だけでなくその横にしゃがみこむリクの姿も映り込む。

「実は今リクとレイディアントガーデンに来てるんだ、ソラたちに伝えておきたいことがあったんだけど、そっちから連絡が来たから驚いたよ」

「ソラ、何かあったのか？」

リクが心配そうに問う。ソラはリクの顔を見てちょっと安心したのか、疑問をリクに投げかける。

「みんなに相談したかったんだ。ロクサスの心を宿せる体って、どこかにあるのかな？」

「心を宿す体……」

リクが考え込み、しばらくしてから呟く。

「レプリカ――」

「え？」

聞いたことのない言葉だった。いや聞き覚えがある――ない？

「レプリカなら人間とまったく同じだ」

「レプリカって？」

ソラはさらに質問する。

「そうか、ソラは知らないんだな……前のXIII機関は心を宿す器として、レプリカと呼ぶ人形を作っていた。人形とは言っても、それこそ心を宿していない人間だ。心さえ宿せばレプリカは人間そのものだった」

リクは一瞬遠い目をする。でもなにを考えているのかは、わからない。

「じゃあ、そのレプリカさえ見つけられれば、姿も元のままのロクサスになるのか？」

「ああ、干渉した心とまったく同じ姿になる」

「それだ！」

リクから導き出された答えに、ソラはうれしくなってくる。

ロクサスの心さえ戻れば、きっとなんとかなるはずだ。

「あとでイエンツォに聞いてみるよ。元XIII機関だし、何か知っていると思う」

ミッキーも協力をしてくれる。

「そうだね、頼むよ」

ソラは希望を見つけた。あとは〝目覚めの力〟、それを取り戻す！

その時ふと思い出す。入れ物と箱――

「あいつらもレプリカを探してるのかな？」

ソラはドナルドとグーフィーに訊く。

「ちがうよ、黒い箱だよ」

グーフィーがすぐに答える。

「あいつら？」

今度はリクが、問いかける番だった。

「XIII機関とマレフィセント」

ソラが素直に答えると、すぐに内緒にしていたことに気付き、３人ははっとする。

慌てたドナルドとグーフィーが、またソラを押しのけた。

「報告が遅れてすみません！」

「いいや、ちょうどよかった。僕らもXIII機関のことで話があるんだ」

ミッキーが始めたのは、新たに作られたXIII機関――真XIII機関の話だ。

ゼアノートが集める13人。そして光の７人。光はまだ欠けている。アクアとヴェントゥスが戻ってきたとしても、テラはまだどこにいるかもわからない。そしてテラの体は器としてゼアノートの手中にある、というのだ。

「じゃあいったんロクサスたちの件はこっちにまかせて、ソラたちはテラの方を頼むよ」

ミッキーがそう言うのと同時に、またもドナルドとグーフィーが、ソラを押しのけて出てくる。

「了解で〜す！」

「ちょっと〜！」

押し合いへし合いしたところで、通信がぷつっと切れる。

「器かあ……」

「でもロクサスのことはどうにかなりそうだ」

腕を組んでのんびりと呟いたグーフィー。それでもソラは希望が出てきたことを感じる。

「僕たちはテラをなんとかしないとね！」

「あと目覚めの力！」

「わかったよもう〜」

ドナルドとグーフィーに口々に言われて、ソラは仕方なさそうに答える。

誰かを思う心、そして繋がる心さえあれば、なんとかなる気がしていたけど、自分は本当に目覚めの力を取り戻すことができるんだろうか——？


キーブレード墓場と呼ばれるその場所には、無数のキーブレードがまるで墓標（ぼひょう）のように立ち並んでいる。そこに13本の石柱が立っていた。そのひとつにサイクスは立っている。そして傍（かたわ）

らのもう1本にも黒いコートを着た男がひとり。

「人として復活したのに、また機関のメンバーとして戻っていいのか？」

サイクスは隣の男に問いかける。男は少し甲高い声で話し始める。

「ああ、構わんさ。むしろ、いざとなったら私を消したアクセルたちは信用できない」

「そのおかげで人として復活したんだろ」

もうひとりとは対照的にサイクスは、静かに問いかけた。

「私にとって大事なことは研究だ。人であろうがなかろうが、そんなことはどうでもいい。私の研究を完成させることが大事だ」

もうひとりは、やや大きな身振りでそう語る。

「レプリカ」

サイクスが呟くように言った。すると男は頷き、こらえきれないように笑い出す。

「もはやレプリカは人形ではない。心さえ宿せば、血肉を持つ完全な人間の器となる」

「それを聞いて安心した。その研究によって最後の器を完成させるために、おまえを機関に招いたんだ、ヴィクセン」

その名を呼ばれ、男はフードを取った。かつての忠実な学徒――エヴェンと名乗っていた男、ヴィクセンがそこには立っていた。

To be continued

金巻　ともこ　Tomoco Kanemaki

1975年6月16日生まれ。横浜市出身。ゲームやドラマCDのシナリオからグルメ雑誌の記事作成まで手がけるフリーライター。家には猫3匹。著作に「ドッグポリス」「銀河へキックオフ!!」（集英社みらい文庫）「てのひら猫語り」（白泉社招き猫文庫）など。

GAME NOVELS
キングダム ハーツⅢ Vol.1 Re:Start!!

2019年3月28日　初版第1刷発行

原　　作◆PlayStation®4 / Xbox Oneソフト
『キングダム ハーツⅢ』

原　　案◆野村哲也
岡勝
著　　者◆金巻ともこ

イラスト◆天野シロ

発 行 人◆松浦克義

発 行 所◆株式会社スクウェア・エニックス
〒160-8430
東京都新宿区新宿6-27-30 新宿イーストサイドスクエア
＜書籍内容についてのお問い合わせ＞
書籍編集部　03-5292-8306
月～金曜日13：00～18：00（祝日及び弊社指定休日を除く）
＜販売・営業についてのお問い合わせ＞
出版営業部　03-5292-8326
月～金曜日10：00～17：00（祝日及び弊社指定休日を除く）

印 刷 所◆凸版印刷株式会社

ISBN978-4-7575-6080-2 C0293